W0346074

feeling
* emotional eBooks

Über die Autorin:
Die Autorin wurde 1964 in Essen geboren und wuchs bei ihren Großeltern auf. Schon früh entdeckte sie ihre Liebe zum Buch. Nach einer kaufmännischen Ausbildung und der Geburt ihrer Kinder begann sie zu schreiben und machte ihr Hobby zum Beruf. Neben dem Schreiben gehören Kunst, Musik und Film zu ihren Leidenschaften.

Rhiana Corbin

Beautiful Firenze

Erotischer Roman

feeling
emotional eBooks

Bitte besuchen Sie uns im Internet:
www.facebook.de/feelings.ebooks

FSC
www.fsc.org
MIX
Papier aus verantwortungsvollen Quellen
FSC® C083411

© 2017 Verlagsgruppe Droemer Knaur GmbH & Co. KG, München.
© 2017 der E-Book-Ausgabe feelings – *emotional eBook
Ein Imprint der Verlagsgruppe Droemer Knaur GmbH & Co. KG, München.
Alle Rechte vorbehalten. Das Werk darf – auch teilweise – nur mit Genehmigung des Verlags wiedergegeben werden.
Redaktion: Tina Dick
Covergestaltung: ZERO Werbeagentur, München
Coverabbildung: © FinePic®, München
Druck und Bindung: CPI books GmbH, Leck
ISBN 978-3-426-21606-4

1

Wütend laufe ich den Gang zu meinem Büro entlang und schimpfe leise vor mich hin. Genervt möchte ich am liebsten alles hinschmeißen. Mein Vater, dessen diktatorische Ader heute mal wieder voll ausschlägt, bringt mich noch an den Rand des Wahnsinns. Ein Praktikum! Und damit noch nicht genug, muss es auch noch in Rom sein. Obwohl ich recht passabel Italienisch spreche – aber warum muss es unbedingt das Ausland sein? Ich will London nicht verlassen. Ich liebe es, hier zu leben. Ich mag meine kleine Wohnung in Kensington, die ich ganz alleine bezahlt habe. Was soll ich in Rom, wo ich niemanden kenne? Und warum muss mein Vater immer alles für mich bestimmen und über meinen Kopf hinweg entscheiden? Er hat sogar schon einen Flug für morgen gebucht. Langsam erwacht in mir der Eindruck, dass er mich aus der Firma drängen will. Vermutlich bin ich ihm zu selbstständig. Meine neuartigen Vorschläge stoßen bei ihm grundsätzlich auf Widerstand, allein weil sie von mir kommen. Doch so einfach lasse ich mich nicht abschieben.

Laut knalle ich die Tür meines kleinen Büros hinter mir ins Schloss.

»Mein Gott, musst du mich so erschrecken?« William, mit dem ich mir das Zimmer teile, zuckt erschrocken zusammen.

»'tschuldigung«, murmele ich und lasse mich auf meinen Stuhl fallen. »Aber ich platze gleich.«

»Dein Vater?«, fragt er verständnisvoll.

»Ja, genau der.«

»Ich sagte dir bereits, wenn du mich heiratest, müsstest du nicht arbeiten.« Er grinst und kaut auf einem Bleistift herum.

»In welchem Jahrhundert lebst du, William? Wir kennen

uns bereits, seit ich das Licht der Welt erblickt habe. Du bist wie ein Bruder für mich, wie könnte ich dich da heiraten?«

»Wir mögen uns, es wurden schon Ehen aus völlig sinnloseren Gründen geschlossen.«

»Aber ich will nicht heiraten. Wie kommst du nur auf diese absurde Idee?« Ich blicke ihn verwundert an, dann fällt der Groschen. »Hat mein Vater mit dir gesprochen?«

Will fährt sich hektisch über das Gesicht. »Nun, es könnte sein, dass er das eine oder andere Wort hat fallenlassen«, nuschelt er mit dem Stift zwischen den Lippen.

»Oh, ich werde ihn umbringen!«, rufe ich aufgebracht und springe auf.

»Nein, warte. Bitte, verrate mich nicht. Warum lassen wir das nicht im Sande verlaufen, und du bringst dich ein wenig aus der Schusslinie?«

Will hat wie immer recht. »Ja, ich werde mich aus der Schusslinie bringen, aber anders, als du denkst. Ich soll morgen für ein halbes Jahr nach Rom fliegen, und eigentlich wollte ich den Flug stornieren. Aber wenn ich endlich einmal den Ideen meines Vaters folge, dann werde ich möglicherweise in seiner Achtung steigen.«

»Glaubst du, was du da von dir gibst?«, fragt Will und schaut mich mit großen Augen an.

»Nein, aber einen Versuch ist es wert. Wie ist das Wetter zurzeit in Rom? Ich muss wissen, was ich einpacken muss.«

»Wie soll es schon sein? Vermutlich sonnig, mit Aussicht auf Kumuluswölkchen.«

*

Es regnet in Strömen. Seit gestern habe ich die Sonne nicht mehr gesehen, sie versteckt sich hinter dunklen Wolken, dabei dachte ich immer, dass in der Ewigen Stadt die Sonne dauerhaft scheint. Tja, falsch gedacht. Also versuche ich mir mit einem Regenschirm den Weg durch die verwirrenden Straßen von Rom zu bahnen, von denen die meisten noch nicht einmal Straßenschilder haben. Mein Vater hat mir zwar einen Flug nach Italien gebucht, aber an eine Unterkunft hat er nicht gedacht. Also bin ich erst einmal in einem Hotel abgestiegen, das ich mit seiner Kreditkarte bezahle. Seine Achtlosigkeit bestärkt meinen Verdacht, dass er mich so schnell wie möglich loswerden wollte. Ich kann nur hoffen, dass der Verlag weiß, dass ich heute dort aufschlagen werde. Wenn nicht, wird das beschämend werden – für mich natürlich.

Nach einer halben Stunde gebe ich es auf und nehme mir ein Taxi, das mich in die Via del Tritone fährt. Der Wagen hält vor einem Haus, das aussieht, als würde es jeden Moment einstürzen. Ich kann nur hoffen, es hält noch einige Monate, so ungefähr sechs wären nicht schlecht.

Ich drücke auf den Klingelknopf, und mir wird die Tür elektronisch geöffnet. Auf dem Hinweisschild am Eingang steht, dass sich der Mariani-Verlag im ersten Stock befindet. Natürlich gibt es keinen Aufzug, deshalb laufe ich die große Treppe in die erste Etage hinauf.

Die große Glastür steht auf, und ich trete an den Empfang.

»Buongiorno!«, packe ich mein bestes Italienisch aus, doch die Dame am Empfang beachtet mich nicht. Als sie sich mir zuwendet, sehe ich, dass sie telefoniert und dem Gesprächspartner lauscht.

»Scusi!«, meine ich leise.

Der Empfang ist exquisit und modern eingerichtet. Große

Agavenpflanzen in schwarzen Steintrögen setzen Akzente, und indirekte Beleuchtung spendet angenehmes Licht. Das Ambiente mit modernen Bildern in Silberrahmen vermittelt einen mondänen Eindruck.

»Kann ich Ihnen helfen?« Die tiefe Stimme hinter mir lässt mich zusammenfahren. »Scusi, Signora. Habe ich Sie erschreckt?«

Ich drehe mich um und erstarre. Der Mann mustert mich mit einem Blick, der mir das Blut in den Adern gefrieren lässt.

»Ich bin Valery Clark, die Praktikantin aus London.« Ich wage es kaum, meine Stimme zu erheben. Das ist mir noch nie passiert. Ein Mann, der mir ein wenig Angst einflößt. Will hätte seine wahre Freude an dieser Situation.

Der dunkle Typ schaut auf seine Uhr und meint: »Sie sind eine Viertelstunde zu spät.«

Dunkel sind nicht nur seine schwarze Kleidung, sein braunes Haar oder die dunklen Augenbrauen, die er finster zusammenzieht. Nein, er strahlt auch eine innere Dunkelheit aus, die furchteinflößend ist.

»Leo, jetzt mach ihr doch keine Angst«, meint die Dame hinter dem Empfang freundlich, als sie endlich ihr Gespräch beendet hat. »Sie sind Valery, richtig? Wir warten schon auf Sie. Leo, würdest du Valery bitte zu ihrem Arbeitsplatz begleiten? Der Schreibtisch bei Chiara ist frei geworden, nachdem du Enno vergrault hast.«

Der düstere Leo grinst und läuft einfach den Gang entlang. Ich muss mich beeilen, um mit ihm Schritt zu halten. Ich hätte flachere Schuhe anziehen sollen. Er hat lange Beine und legt ein geschmeidiges Tempo vor.

»Sie sollten morgen pünktlich erscheinen, sonst war das heute ihr erster und letzter Tag.«

Er sollte sich wirklich einen anderen Ton angewöhnen, und ich kann nur hoffen, dass das Arbeitsklima nicht darunter leidet. Wir betreten ein kleines Büro mit zwei Schreibtischen. Leo zeigt auf den linken Tisch, der unbesetzt scheint. »Hier können Sie arbeiten. Sie sollten morgen etwas anziehen, das mehr bürotauglich ist.« Er mustert mich von oben bis unten, und mir wird heiß unter seinen prüfenden Blicken. Was fällt ihm ein? Ich trage einen kurzen dunkelblauen Rock und eine geblümte Bluse, dazu High Heels.

»Was ist denn Ihrer Meinung nach bürotauglich? Ein kürzerer Rock mit durchsichtiger Bluse?«, frage ich herausfordernd.

Für eine Sekunde sehe ich Verblüffung in seinen Augen. Er ist es wohl nicht gewohnt, dass man ihm Kontra gibt. Vermutlich haben alle hier im Büro Angst vor ihm. Aber nicht mit mir! »Ich gehöre nicht zu den Frauen, die sofort zu haben sind«, meine ich mutig.

»So? Da habe ich mit Engländerinnen andere Erfahrungen gemacht.«

»Sind die etwa sofort auf Ihren nicht vorhandenen italienischen Charme hereingefallen?«, frage ich zickig.

Er macht einen Schritt auf mich zu, und ich bekomme tatsächlich Angst, aber dann breitet sich ein leichtes Lächeln auf seinem Gesicht aus. »Sie sprechen unsere Sprache wirklich ausgezeichnet.«

»Hallo Leo, schüchterst du wieder unsere Praktikantin ein? Hast du nichts anderes zu tun?«

Eine Frau betritt den Raum, und ich muss zweimal hinsehen, denn sie sieht einfach umwerfend aus. Ihr langes blondes Haar trägt sie glatt über der Schulter. Es sieht so seidig und gepflegt aus, als wäre sie ein Model für Haarshampoo. Ihre ganze Gestalt hat etwas Anmutiges an sich, und jetzt geht mir auf, was dieser Leo gemeint hat. Die Frau trägt einen beigefarbenen Hosenanzug mit einer weißen Bluse, schwarzen High Heels sowie einer gleichfarbigen Halskette und sieht *very busy* aus. Elegant und geschäftsmäßig. Ich dagegen gleiche einem Mauerblümchen bei dem Versuch, sexy zu wirken, und komme mir vor, als wäre ich achtzehn Jahre alt. Dabei bin ich mit meinen siebenundzwanzig schon weit über das Ziel der Volljährigkeit hinaus.

»Buongiorno! Ich bin Chiara Monti. Lektorin und die gute Seele des Hauses. Ich rette die Mitarbeiter vor Leos schlechter Laune, denn ich bin die Einzige, die ihn im Griff hat.« Sie schenkt ihm ein zuckersüßes Lächeln, und er grinst sie an. Sie hat ihn absolut im Griff.

»Valery Clark. Ich bin die englische Praktikantin«, stelle ich mich selbst vor, da Leo keine Anstalten macht, das zu übernehmen, und schüttele ihre Hand.

»Schön, Sie kennenzulernen, Valery.« Anschließend wendet sie sich Leo zu. »Ich habe hier das Manuskript, das ich für dich prüfen sollte.« Sie reicht ihm eine Mappe, die er zögerlich in Empfang nimmt.

»Und?«, fragt er leise.

»Hm, ich bin hin und her gerissen. Der Protagonist ist äußerst dominant, er stellt alle anderen Figuren in den Schatten.«

»Das tut keiner Story gut«, murmele ich leise und setze mich auf den Schreibtischstuhl.

»Hol dir eine weitere Meinung ein, ich bin mir nicht schlüssig«, meint Chiara achselzuckend.

Leo schaut auf die Mappe und wirft sie mir auf den Tisch. »Also, Signora …«

Er hat meinen Namen bereits wieder vergessen. »Clark, aber Sie können mich gerne Valery nennen.«

»Bene, Valery. Ihr erster Auftrag. Lesen Sie die ersten dreißig Seiten, und dann kommen Sie zu mir und sagen mir, was Sie davon halten.«

Er wirft Chiara noch einen Blick zu und verlässt das Zimmer.

»Oh, wow! Die anderen Praktikanten mussten zuerst Kaffee kochen.« Chiara lächelt mich gewinnend an. »Er mag Sie.«

»Was? Na dann möchte ich nicht wissen, wie er sich verhält, wenn er jemanden nicht mag. Hat er immer so schlechte Laune?«

»Des Öfteren, doch wenn Sie ihn erst einmal besser kennen, werden Sie damit umgehen können.«

»Gut, dann besorge ich uns mal einen Kaffee. Wo finde ich die Küche?«

»Ich glaube, wir werden uns gut verstehen, Valery. Die nächste Tür rechts. Ich trinke ihn schwarz.«

2

Nach der Mittagspause bin ich mit den dreißig Seiten durch.

»Wo finde ich Leo?«, frage ich Chiara, die vertieft in ihre Arbeit ist.

Sie hebt den Kopf. »In seinem Büro«, gibt sie zur Antwort, wodurch ich genauso schlau bin wie vorher.

»Welches ist sein Büro?«

Einen Moment schaut sie mich sprachlos an. »Das Büro des Chefs, Leandro Mariani.«

»Was? Sie meinen, Leo ist …« Mir versagt die Stimme.

»Ja, er ist der Verleger und unser Chef. Wussten Sie das nicht, Valery?« Sie blickt mich an, als wäre ich eine Erscheinung.

Ich schüttele den Kopf und stehe ein wenig unter Schock. »Nein, ich dachte, er wäre ein … Angestellter.«

»Ja, er tut gerne so, als wäre er einer von uns. Sie finden sein Büro am Ende des Gangs. Keine Angst, er bellt nur, aber beißt nicht, das ist sein ganz persönlicher Charme.«

»Sind Sie sicher?«

»Klar, ich kenne Leandro seit meiner Kindheit. Wir sind zusammen aufgewachsen.«

»Dann sind Sie seine Freundin?«

»Ja, so etwas in der Art. Ich würde sagen, seine beste Freundin und im Übrigen die einzige.« Sie lächelt und widmet sich wieder ihrer Arbeit. Mir bleibt also nichts anderes übrig, als mich auf die Suche nach dem richtigen Büro zu machen.

Sein Name steht an der Tür, deshalb kann ich es gar nicht verfehlen. Leise klopfe ich an, vielleicht ist er ja nicht da oder in einem Meeting.

»Herein!«, kommt es von der anderen Seite.

Mist! Ich hatte die Hoffnung, ich komme hier heil heraus, doch wie es aussieht, ist das Glück nicht auf meiner Seite.

Mutig öffne ich die Tür und trete ein. Leandro sitzt hinter seinem Schreibtisch und hält einen schwarzen Füllfederhalter in der Hand.

Ich räuspere mich und warte ab, bis er aufblickt.

»Signore Mariani …«

»Leo reicht«, unterbricht er mich.

»Also Leandro, ich möchte mich entschuldigen … für heute Morgen …« Ich halte inne, weil ich nicht weiß, was ich eigentlich sagen will.

»Ja?« Er erhebt sich und kommt um den riesigen Schreibtisch herum. Sein Büro ist ebenfalls modern eingerichtet, ein Glasschreibtisch mit Stahlbeinen, schwarze Möbel und moderne Bilder an den Wänden.

»Ich glaube, ich habe mich vorhin im Ton vergriffen. Mir war nicht bewusst, dass Sie …«, abermals verstumme ich. Es ist mir peinlich.

»Was? Dass ich Ihr Chef bin? Ihr Vater hat mich schon vorgewarnt, Valery, dass Sie ein wenig … impulsiv sind.« Er steht nah vor mir und schaut auf mich herab.

Mein Vater hat also hinter meinem Rücken über mich gesprochen, das wird ja immer schöner.

»Also, was sagen Sie zu dem Manuskript«, wechselt er einfach das Thema. »Sagen Sie mir frei heraus, was Sie davon halten.«

Ich schaue auf die Mappe in meinen Händen, die ich wie ein Schutzschild vor den Oberkörper halte. »Ganz ehrlich?«

»Ja, nur heraus damit.«

»Es ist schlecht. Man hat das Gefühl, der Verfasser ist ein

egozentrischer Arsch, der sich ins rechte Licht rücken will. Die Figurenzeichnung ist zu vage, der Stil zu einfach.«

Leandro verschränkt die Arme und legt den Kopf ein wenig schief. »Egozentrischer Arsch? Nun, ich bin gespannt, wie Mattia Conti darauf reagieren wird.« Er grinst breit.

»Oh, bitte. Sie werden ihm doch nicht erzählen, dass ich das gesagt habe!« Ich bin total aufgewühlt. Warum konnte ich nur nicht meine Klappe halten? Das passiert mir immer wieder. Ich reiße meinen Mund zu weit auf, und hinterher bereue ich es.

»Was würden Sie vorschlagen?« Er dreht sich um, läuft zum Fenster, öffnet es, und sofort dringt Straßenlärm zu uns herauf.

»Ich würde vorschlagen, dass das Skript mit fachlicher Hilfe überarbeitet wird. Es ist ja nicht gänzlich schlecht. Hat einige gute Ansätze, darauf kann man aufbauen.«

Leandro dreht sich zu mir um und nickt. »Das hört sich gut an. Ich werde mit Mattia sprechen. Würden Sie diese Aufgabe übernehmen?«

»Was? Signore Conti zu erklären, was mit seinem Skript nicht stimmt?«

»Nein, mit Signore Conti zusammen das Werk überarbeiten.«

Ich blicke überrascht auf und schaue in seine dunkelbraunen Augen, die mich an geschmolzene Schokolade erinnern. In den letzten Minuten hat sich dieser unfreundliche Mensch zu einem gutaussehenden sexy Mann verändert, ohne dass ich etwas davon mitbekommen habe.

»Aber ich bin nur eine Praktikantin«, gebe ich zu bedenken.

»Valery, Ihr Vater hält Sie dafür, in Wirklichkeit sind Sie seit vier Jahren als Lektorin tätig, sehe ich das richtig?«

Ich nicke.

»Warum verkaufen Sie sich unter Wert?« Er kommt auf

mich zu und tippt auf die Mappe, die ich immer noch in den Händen halte.

»Weil mein Vater darauf besteht, dass ich Erfahrungen sammele.« Jetzt, wo ich es aussprechen muss, hört es sich in meinen Ohren wertlos und ängstlich an. Wo ist nur meine Courage geblieben? Vermutlich habe ich sie in den letzten vier Jahren unter der Führung meines Vaters verloren.

»Sagen Sie Ja, Valery. Mattia Conti wird Sie auf seinem Weingut in Artimino erwarten. Das liegt in der Toskana, in der Nähe von Florenz. Sie wollen Erfahrungen sammeln? Dann gehen Sie hinaus in die Welt und machen welche. Also, was meinen Sie? Sagen Sie Ja!«

*

Ich miete mir am nächsten Morgen ein kleines Auto und fahre die knappen dreihundert Kilometer bis Artimino. Mariani hat mir die genaue Adresse gegeben, und das Navi leitet mich zielsicher Richtung Weingut, von dem er gesprochen hat. Ich genieße die wunderschöne Landschaft der Toskana und verliebe mich mehr und mehr in die Region. Die Farben in der Früh, wenn der leichte Nebel über den Ebenen liegt, sind nicht mit Worten auszudrücken. Ab und an sehe ich kleine Bauernhöfe zwischen gelben Kornfeldern, kargen Olivenbäumen und grünen Weinbergen, die sich mit den typischen Zypressen abwechseln. Es ist wundervoll hier, und ich bin froh, dass ich zugestimmt habe, diesen Job anzunehmen. Endlich erreiche ich nach mehr als drei Stunden Autofahrt das Gut, dessen Einfahrt von einem breiten Tor markiert wird.

Die Zufahrt ist fast einen Kilometer lang und mit schlanken Zypressenbäumen gesäumt. Alles ist in einem tadellosen Zustand. Die Wiesen und Bäume sind makellos. Die Straße endet in einem Hof, der von mehreren Gebäuden umgeben ist. Das Haupthaus ist ein beigefarbenes Herrenhaus mit roten Dachschindeln und an einer Seite mit Efeu überwuchert. Zur Haustür führt eine große Treppe hinauf, die von beiden Seiten begehbar ist. Die ebenfalls roten Fensterläden sind geschlossen. Die Sonne brennt, jetzt am Vormittag steht sie hoch am Himmel. Ich steige aus dem Cabrio und richte meine rote Lockenmähne, die durch den Fahrtwind zerzaust ist. Neugierig schaue ich mich um, als sich die Tür oben an der Treppe öffnet. Überrascht nehme ich meine Sonnenbrille ab, muss dann aber die Hand über die Augen legen, damit ich etwas sehen kann, da die Sonne so intensiv scheint.

Im ersten Moment glaube ich, Leandro zu erkennen, doch das kann nicht sein, er ist ja in Rom.

»Entschuldigung, ich bin auf der Suche nach Signore Conti, Mattia Conti.« Ich gehe langsam die Treppe hinauf und traue meinen Augen nicht. Mit einer dunklen Anzughose und einem schwarzen Hemd, dessen Ärmel aufgekrempelt sind, blickt mir Leandro entgegen.

Er breitet seine Arme aus und meint: »Den haben Sie gefunden, Valery. Sie stehen vor ihm. Dann bin ich wohl der egozentrische Arsch, wie Sie es so schön ausgedrückt haben. Ich muss bemerken, dass Sie schon wieder zu spät sind. Ich habe Sie bereits vor einer halben Stunde erwartet.«

Ich muss mich zwingen, meinen Mund zu schließen.

Scheiße! Was habe ich da nur angerichtet? Ich bleibe auf halber Höhe stehen. »Sie sind Mattia Conti?«, frage ich ungläubig und halte mich am Geländer fest. Feiner Schweiß bricht mir aus. Keine Ahnung, ob es die Sonne ist oder weil ich das Gefühl habe, gleich in Ohnmacht zu fallen. Ich schlucke schwer und stecke die Sonnenbrille in mein Haar.

»Darf ich Ihnen etwas zu trinken anbieten? Sie sehen aus, als würden Sie gleich ohnmächtig werden.« Er schaut besorgt.

»Das ist nur die ungewohnte Hitze. Wir Engländer bekommen die Sonne nicht so oft zu sehen«, erkläre ich und fächere mir Luft zu.

Er lässt mir den Vortritt. Im Haus ist es angenehm kühl und recht dunkel. Ich spüre seine Hand an meinem unteren Rücken. Er führt mich in einen Salon, in dem Grüntöne vorherrschen. Eine diskrete Innenbeleuchtung sorgt dafür, dass man trotz der geschlossenen Läden nicht im Dunkeln steht.

»Bitte, setzen Sie sich, Valery.« Er rückt mir einen Stuhl zurecht und nimmt mir gegenüber Platz. Geschickt entkorkt er eine Flasche Wein und schenkt zwei Gläser ein.

»Bitte, für Sie.« Er reicht mir eines, und ich weiß nicht, ob das ein Test sein soll.

»Alkohol während der Arbeitszeit?«, frage ich argwöhnisch.

Leandro stößt ein kleines Lachen aus. »Valery, Sie befinden sich hier auf einem Weingut. Ich glaube nicht, dass Sie hier etwas anderes zu trinken finden. Ich entstamme einer Weindynastie. Sie werden sich schon daran gewöhnen. Und nein, es ist kein Test, falls Sie sich das fragen sollten.«

Wenn er es sagt! Ich trinke einen Schluck, und der Wein rinnt mir angenehm die Kehle hinunter. Er enthält wesentlich weniger Alkohol, als ich erwartet habe, und schmeckt wohltuend fruchtig.

»Warum haben Sie das gemacht? Wieso haben Sie nicht gesagt, dass es Ihr Buch ist?«, frage ich argwöhnisch.

»Wären Sie dann meiner Aufforderung gefolgt?« Er blickt

mich wissend an. »Dachte ich es mir doch. Jetzt kennen Sie den Grund.«

Schnelle Schritte sind auf dem Steinboden zu hören, kurz darauf taucht jemand im Türrahmen auf.

»Leo! Ich wusste gar nicht, dass du da bist.«

Leandro erhebt sich, und eine schlanke, wunderschöne Frau betritt den Raum, wirft sich ihm regelrecht in die Arme und küsst ihn auf den Mund. Leandro schlingt einen Arm um ihre Taille. Da sie so vertraut miteinander sind, kann es sich nur um seine Ehefrau handeln.

»Oh, ich störe wohl. Du hast einen Gast.« Sie wirft mir einen Blick zu, der eher abschätzig als freundlich ist.

»Das ist Valery Clark, wir sind hier, um in Ruhe zu arbeiten«, erklärt er.

»Guten Tag, Valery. Ich bin Davina. Dann sind Sie also Autorin.«

Sie reicht mir die Hand, die ich schnell ergreife. So aus der Nähe sieht sie älter aus, als es den Anschein macht. Obwohl ich sie zuerst für Anfang zwanzig gehalten habe, stelle ich nun fest, dass sie wohl eher auf die dreißig zugeht.

»Valery ist Lektorin und arbeitet für mich«, stellt Leandro klar.

Erstaunt lässt Davina von ihm ab. »Dann will ich euch nicht stören. Wir sehen uns beim Essen.« Auf ihren hohen Schuhen stöckelt sie davon.

»Ihre Frau?«, frage ich neugierig, weil Leandro sie nicht vorgestellt hat, was kein schöner Zug ist.

»Meine Schwägerin. Davina ist mit meinem jüngeren Bruder Tamino verheiratet.«

Leandros gute Laune scheint irgendwie verflogen zu sein.

Ich trinke schnell einen Schluck, weil mich die Stille nervös macht.

»Kommen Sie, ich werde Ihnen Ihr Zimmer zeigen.«

»Soll ich schnell mein Gepäck holen?«

»Nein, das kann Fabio später erledigen«, erklärt er und läuft Richtung Flur. »Kommen Sie Valery, wir haben keine Zeit zu verlieren.«

Gleich zwei Stufen auf einmal nehmend, läuft er in das obere Geschoss hinauf. Ich habe Schwierigkeiten, ihm zu folgen, solch ein Tempo legt er an den Tag.

Am Ende des Gangs zur rechten Seite öffnet er eine Tür. »Bitte. Ihr Zimmer für die nächsten Wochen.«

Wochen? Ich blicke ihn erschrocken an. Darauf bin ich gar nicht vorbereitet. Nun gut, er ist der Chef. Wenn er es sich erlauben kann, so lange in Rom abwesend zu sein, soll es mir recht sein.

Ich betrete den Raum und bin von der Größe überrascht. Das Zimmer hat mindestens dreißig Quadratmeter. Eine Tür führt in ein separates Bad. Der Raum erstrahlt in einem Gelborange. Der Boden besteht aus Terrakottafliesen mit einem auffälligen Muster. Das Bett ist ein Eisengestell mit einem Baldachin und dünnen weißen Bauwollvorhängen. Die gleichen Vorhänge finden sich an den bodentiefen Fenstern wieder. Es gibt eine Kommode und einen Schrank aus Ahornholz mit den passenden Eisenbeschlägen. Ich stelle meine Tasche auf den Stuhl hinter dem Schreibtisch. Alles ist hervorragend aufeinander abgestimmt. Ich frage mich, ob Davina für die Einrichtung verantwortlich ist.

»Das Bad steht Ihnen ganz allein zur Verfügung«, erklärt Leandro, betritt den Raum und schaltet das Licht ein. Ich folge ihm, und plötzlich stehen wir uns ganz nah im Türrahmen gegenüber.

»Sehr schön«, murmele ich, ohne überhaupt einen Blick in das Bad geworfen zu haben, dafür kann ich meine Augen einfach nicht von seinem Gesicht abwenden.

»Sie haben es doch noch gar nicht gesehen«, meint er schmunzelnd.

»Ich brauche nicht lange, um etwas zu erfassen«, murmele ich ein wenig verlegen, weil er mich ertappt hat, und schenke dem Raum einen kurzen Rundumblick.

Das Bad hat eine separate Dusche, und die Fliesen sind ebenfalls aus Terrakotta. »Wirklich äußerst behaglich«, bestätige ich.

»Mein Zimmer liegt Ihrem gleich gegenüber. Wenn etwas ist, haben Sie keine Scheu, sich an mich zu wenden«, erklärt er leise, während er auf mich hinunterblickt, ohne einmal zu zwinkern.

»Das werde ich mir merken.«

Er macht sich von meinem Anblick frei und geht zurück ins Zimmer, berührt dabei mit seiner Hand meinen Oberarm, und ich zucke bei der Berührung leicht zusammen. Er riecht so gut, nach einem würzigen Rasierwasser, während ich eine Dusche vertragen könnte.

Als könne er meine Gedanken lesen, meint Leandro: »Wenn Sie sich frisch machen wollen, wir treffen uns in einer halben Stunde unten in der Halle. Ich werde Ihnen dann das Weingut zeigen.« Damit schließt er hinter sich die Zimmertür.

Das Weingut? Ich dachte, ich bin zum Arbeiten hier, da wäre das Arbeitszimmer die bessere Alternative. Doch ich bin viel zu aufgewühlt, als könnte ich weiter darüber nachdenken. Ich brauche dringend eine Dusche, möglichst kalt.

Als ich aus der Kabine trete und mich in eines der flauschigen Handtücher gewickelt habe, fällt mir auf, dass ich meinen Koffer gar nicht habe. So ein Mist! Ich kann ja wohl kaum nur in ein Handtuch gewickelt durch das Haus laufen. Kaum betrete ich das Zimmer, klopft es an der Tür. Ich öffne einen Spaltbreit und sehe einen jungen Italiener, der in der Hand meinen Koffer trägt.

»Scusi, Signora. Ihr Gepäck.« Er reicht ihn mir, und ich muss die Tür weiter öffnen.

»Mille grazie!«, bedanke ich mich.

Auf der gegenüberliegenden Seite öffnet sich die Tür, und Leandro betritt den Flur. Er wirft mir einen Blick zu und hebt eine Augenbraue. »Das ist alles, Fabio«, knurrt er leise.

Der junge Mann nickt und macht sich aus dem Staub. Ich hingegen bleibe wie angewurzelt an der Tür stehen.

»Es steht Ihnen«, erklärt Leandro und zeigt auf das Duschtuch. Er zwinkert mir zu und läuft den Flur entlang, ohne sich noch einmal umzudrehen.

3

Eine halbe Stunde später laufe ich mit schnellen Schritten die Treppe hinunter. Ich bin schon wieder in Eile, will nicht zum dritten Mal zu spät kommen. Ich habe mich für flache Ballerinas zu meinem Kleid entschieden, was es mir erleichtert, die Treppe im Eiltempo hinunterzusprinten. Dabei übersehe ich die letzte Stufe, weil es so dunkel ist, und stürze beinahe, würden mich nicht zwei starke Arme auffangen.

»Per Dio!«, ruft eine tiefe Stimme, und ich schlinge meine Arme haltsuchend um Leandros Hals.

»Scusa! Danke, ich wäre fast gefallen.« Dankbar, dass er mich aufgefangen hat, schenke ich ihm ein Lächeln und schmiege mich an seinen Körper.

»Ein Glück, dass ich gerade vorbeikam.«

Irritiert schaue ich auf und sehe, dass es gar nicht Leandro ist, in dessen Arme ich mich drücke.

»Oh! Ich bitte um Entschuldigung!« In meiner Aufregung wechsele ich ins Englische.

»It's okay«, antwortet der Fremde, der allerdings eine auffällige Ähnlichkeit mit Leandro aufweist, lächelnd ebenfalls in meiner Muttersprache.

»Ich dachte, Sie wären Leandro«, erkläre ich verlegen.

»Leo? Ist er hier?«, fragt er überrascht und stellt mich endlich auf meinen Füßen ab.

»Natürlich bin ich *anwesend*. Ich muss doch ab und an nach dem Rechten sehen.« Leandros Stimme kommt von der Haustür keine drei Meter von uns entfernt.

»Ich bin beinah gestürzt, und der nette Herr war so freundlich, mir zu helfen«, erkläre ich beschämt. Gut, dass es hier so dunkel ist, so bleiben meine roten Wangen verborgen.

»Netter Herr?«, fragt Leandro mit Verachtung in der Stimme. »Das ist mein Bruder Tamino. Von nett kann keine Rede sein. Kommen Sie, Valery. Sie scheinen nicht nur notorisch zu spät zu kommen, sondern auch ein wenig ungeschickt zu sein.«

Ich werfe Tamino einen entschuldigenden Blick zu und folge Leandro zur Haustür hinaus.

»Passen Sie auf, dass Sie nicht wieder die Treppe hinunterfallen«, weist er mich an.

»Keine Angst, bei Ihnen weiß ich ja, dass Sie mich nicht auffangen werden«, gebe ich schnippisch zurück.

Mitten auf der Treppe bleibt er stehen, sodass ich fast in ihn hineinrenne, und er dreht sich zu mir um. Da ich über ihm stehe, sind wir nun fast gleich groß. »Fordern Sie mich nicht heraus, Valery. Sie würden nur den Kürzeren ziehen«, flüstert er nah an meinem Mund.

»Ist das so?«, frage ich angriffslustig und blicke ihn ohne zu zwinkern an.

»Wenn Sie mutig sind, können Sie es gerne austesten. Aber ich glaube nicht, dass Sie den Mumm besitzen.«

»Da wäre ich mir an Ihrer Stelle nicht so sicher«, entgegne ich und blicke ihn weiterhin an.

Leandro wendet als Erster den Blick ab. Ein Punkt für mich.

Mit großen Schritten läuft er auf ein Gebäude abseits des Hauses zu.

»Dort lagern wir den Wein«, erklärt er mir, nun ganz der freundliche Gutsbesitzer.

Wir betreten eine Halle mit riesigen Holzfässern. Es ist kühl und riecht etwas streng. »Wir bauen unterschiedliche Rebsorten an und keltern Carmignano. Er besteht zu fünfzig Prozent aus Sangiovese, zwanzig Prozent Cabernet, und der Rest sind

Merlot und Syrah. Dazu kommt noch, dass wir seit einigen Jahren Vin Ruspo di Carmignano herstellen, einen milden Rosé. Unsere Spezialität ist allerdings der Vin Santo. Dessen Trauben lassen wir bis ins neue Jahr antrocknen. Trotz der langen Tradition ist unser Wein nur in Italien bekannt. Wir besitzen auch einige Olivenhaine, deren Früchte für gutes Olivenöl genutzt werden.«

»Wie lange ist das alles schon in Familienbesitz?«, frage ich interessiert.

»Mein Ururgroßvater hat schon Reben angebaut und die Kelterei gegründet. Er hat mit einer Fattoria angefangen, einem kleinen Bauernhof. Mein Großvater hat dann einige Ländereien dazugekauft, und mittlerweile gehört uns das ganze Tal.«

»Warum fallen Sie dann aus der Reihe und sind Verleger geworden?«, will ich wissen.

Wir schreiten die Gänge ab. Leandro grüßt hier und da einen der Angestellten.

»Ich liebe die Literatur mehr als den Wein.«

»Dann sind Sie sozusagen das schwarze Schaf der Familie?«

Er blickt mich einige Sekunden intensiv an. »Mehr als Sie denken«, murmelt er und lässt mich dann einfach stehen.

»Kommen Sie, Valery!«, ruft er mir zu, und ich schließe zu ihm auf. »Die Trauben werden in Holzfässern gegoren, damit sie eine komplexe Struktur entwickeln. Leichte edelsüße Rieslinge gären in modernen Metalltanks, drüben in dem anderen Gebäude.

»Was riecht hier so?«, frage ich und rümpfe die Nase.

»Das ist die Hefe«, erklärt er mir lächelnd. »Beeilen Sie sich, ich will Ihnen noch die Reben zeigen.« Er nimmt meine Hand und zieht mich Richtung Ausgang.

Dieser plötzliche Körperkontakt kommt überraschend, doch ich habe nicht die Kraft, von ihm abzurücken. Jedoch löst sich das Problem von ganz allein, als wir die Tür öffnen, um nach draußen zu gelangen, und Tamino unmittelbar vor uns steht. Abrupt lässt Leandro meine Hand los, als wäre es ihm peinlich.

»Leo, hast du vor, länger zu bleiben?«, fragt Tamino seinen Bruder, lässt mich dabei aber nicht aus den Augen.

»Ich werde mit Valery hier einige Wochen arbeiten.«

»Sehr schön.« Ein Lächeln gleitet über Taminos Züge. »Wir wurden uns übrigens noch gar nicht vorgestellt. Tamino Mariani, Leos jüngerer Bruder.« Er reicht mir die Hand.

»Valery Clark.« Ich schüttele seine Hand.

»Valery? Sie stammen aber nicht aus Italien«, stellt er fest.

»Nein, ich komme aus London und arbeite … für Ihren Bruder«, halte ich die Informationen vage.

»Sie sind Autorin?«

»Nein, ich bin …«

»Das reicht, wird haben zu tun.« Leandro nimmt meine Hand und zerrt mich praktisch von Tamino weg.

»Wir sehen uns zum Abendessen, hübsche Frau!«, ruft Tamino mir lachend hinterher.

Er scheint das rüpelhafte Benehmen seines Bruders einfach zu ignorieren. Ich jedoch nicht. Sobald wir außer Sichtweite sind, verdeckt von den Weinreben, die in voller Pracht an ihren Stöcken hängen, schalte ich auf Widerstand, stemme die Füße in den sandigen Boden und bleibe stehen. »Halt! So geht das nicht.«

Ich befreie mich aus seinem Griff und blicke ihn wütend an. »Was gibt Ihnen das Recht, sich so aufzuführen?«, schreie ich ihn an.

Völlig verdutzt bleibt Leandro stehen und blickt mich an, als hätte ich nicht alle Tassen im Schrank. »Was genau meinen Sie, Valery?«, fragt er erstaunt.

»Die Art und Weise, wie Sie mit Ihren Mitmenschen umgehen. Das meine ich. Wieso reden Sie mit Ihrem Bruder, als wäre er irgendein Angestellter.« Ich stemme meine Hände in die Hüften und funkele ihn böse an.

»Weil er nun mal irgendein Angestellter ist«, erklärt Leandro ausweichend.

»Aber er ist Ihr Bruder! Wie können Sie nur so mit ihm umgehen? Ich verstehe das nicht.«

»Sie verstehen vieles nicht, aber ich bin nicht hier, um Ihnen die Welt zu erklären, Valery. Meine Umgangsformen mögen Ihnen vielleicht befremdlich erscheinen, doch Sie können mir glauben, ich habe meine Gründe dafür. Ich sehe jedoch keinen Anlass, Ihnen das näher zu erläutern.« Er dreht mir einfach den Rücken zu und läuft einen der Rebengänge entlang.

Ich warte ab, ob er sich nach mir umdreht, doch er tut es nicht. Also bleibt mir nichts anderes übrig, als ihm zu folgen.

»Arroganter Arsch!«, murmele ich vor mich hin und laufe den leicht ansteigenden Hang hinauf. Oben angekommen, sehe ich, dass Leandro auf mich gewartet hat. »Kommen Sie her zu mir, ich will Ihnen etwas zeigen.« Er hält mir die Hand entgegen, und ich ergreife sie. Mit mehr Kraft als erwartet, zieht er mich den kleinen Hügel hinauf und dreht mich an den Schultern herum. »Schauen Sie. Alles, was Sie sehen, gehört zu unserer Kellerei. Die Felder bis zum Horizont auf dieser Seite und der gegenüberliegenden.«

Ich folge seiner Hand, die mit einer Bewegung praktisch das ganze Tal umfasst, das von hier aus zu sehen ist.

»Mein Gott, ist das schön«, meine ich andächtig und blicke

dem Horizont entgegen. Die Felder sind übersät von Reben, die prall gefüllte Trauben tragen.

»Das sieht nach einer guten Ernte aus.«

»Ja, wie jedes Jahr. Das Nährstoffangebot des Bodens sorgt für gute Erträge.«

»Ich verstehe zwar nichts vom Weinanbau, doch ich denke, die Sonne tut ihr Übriges dazu.« Ich lege meine Hand über die Augen, um besser zu Leandro aufschauen zu können, denn die Sonneneinstrahlung hat in der letzten Stunde zugenommen.

»Da haben Sie recht, aber nur Sonne allein bringt keinen Erfolg. Dazu gehören eine Menge Talent und das Wissen von über einhundert Jahren Erfahrung.«

»Und Sie haben diese Erfahrung?«, frage ich ein wenig spöttisch.

»Nein«, gibt er anstandslos zu, »ich habe Literatur studiert. Tamino ist der Önologe. Er ist Diplom-Ingenieur für Weinwirtschaft und Önologie.«

»Und Sie behandeln ihn wie einen Stallburschen?«, frage ich fassungslos.

Leandros Gesicht verzieht sich zu einer starren Maske. »Ich habe meine Gründe, wie ich schon sagte.« Es ist förmlich zu spüren, wie er sich zurückzieht und zumacht, als müsse er sich vor einem großen Schmerz schützen.

In diesem Moment berührt er mein Herz. Es ist ihm anzusehen, dass etwas Fürchterliches geschehen sein muss. Ich habe keine Vorstellung, was dahinterstecken kann, doch ich kann den Schmerz in seinem Blick erkennen.

»Es tut mir leid, es geht mich nichts an. Vergessen Sie, was ich gesagt habe.« Ich berühre leicht seine Brust, und Leandro blickt mich überrascht an. Ich will eilig meine Hand wegziehen, weil es mir unpassend erscheint, ihn einfach so zu berühren, doch er erkennt mein Vorhaben und hält meine Hand fest, legt seine darüber.

»Halten Sie sich von Tamino fern. Er ist nicht gut für Sie«, murmelt Leandro leise und legt seine andere Hand auf meine Hüfte, zieht mich näher zu sich heran.

»Er ist doch verheiratet, solche Männer sind für mich tabu. Und ich bin auch gar nicht hier, um mir einen Mann zu angeln. Die Frage ist jedoch, ob Sie es sind.«

»Ob ich was bin?«, fragt er leise, und sein Kopf senkt sich mir immer weiter entgegen.

»Ob Sie gut für mich sind.«

»Ich bin für niemanden gut«, erklärt er mir. »Ich bringe die Menschen dazu, Dinge zu tun, die sie eigentlich gar nicht wollen.« Er grinst süffisant.

»Das bezweifle ich.« Ich werde mich nicht von ihm aufs Glatteis führen lassen.

»So, tun Sie das, Valery?« Er blickt mir tief in die Augen, und dieses dunkle Braun löst etwas in mir aus, das ich nicht in Worte fassen kann. Alles um mich herum verliert an Bedeutung. Die Geräusche werden leiser, die Farben verlieren ihre Kraft. Einzig und allein Leandros Gegenwart zählt.

Als er sich zu mir herunterbeugt, halte ich den Atem an, und noch bevor seine Lippen meine berühren, schließe ich die Augen. Sein Kuss ist hart und besitzergreifend, seine Lippen, die er leicht bewegt, sind dagegen weich. Die Zungenspitze stößt gegen meinen Mund, und ich gewähre ihm bereitwillig Einlass. Meine Hände wandern automatisch in seinen Nacken, als würden sie dorthin gehören, und ich dränge mich ihm entgegen. Ich spüre seine Erregung an meinem Bauch und stöhne leise auf. Wie sehr ich von ihm geküsst werden will.

Plötzlich zieht er sich zurück und lässt mich nach mehr

wimmern. Erst als er seinen Kopf hebt und mich sardonisch anlächelt, weiß ich, dass ich in eine Falle getappt bin.

»Ich sagte doch, ich bringe Menschen dazu, Dinge zu tun, die sie eigentlich nicht wollen. Oder wollten Sie mich etwa küssen, Valery?«

Hektisch trete ich einen Schritt zurück und bringe etwas Abstand zwischen uns. »Ich denke, wir haben eine Menge Arbeit.« Damit mache ich auf dem Absatz kehrt und laufe zurück Richtung Haupthaus.

4

Da ich keine Ahnung habe, wo sich das Büro befindet, setze ich mich in meinem Zimmer an den Schreibtisch und beginne, das Skript, das sich noch in meinem Besitz befindet, auf dem Papier zu lektorieren. Später kann ich immer noch die Änderungen in den Computer eingeben, falls es so etwas hier überhaupt gibt.

Ich merke gar nicht, wie schnell die Zeit vergeht, doch als es an der Tür klopft, fahre ich erschrocken auf.

Vor der Tür steht Davina. »Ich wollte Ihnen nur Bescheid geben, dass wir uns um neunzehn Uhr zum Abendessen versammeln. Das Esszimmer ist Ihnen ja bereits bekannt.«

Auch wenn ihr Ton nicht wirklich freundlich ist, bedenke ich sie mit einem Lächeln. »Vielen Dank. Ich werde pünktlich sein.« Leandro wird voraussichtlich etwas anderes vermuten, geht mir durch den Sinn. Kommentarlos dreht Davina sich um und läuft den Gang entlang. Sie ist eine anmutige Erscheinung, schwebt wie eine Ballerina durch den Flur, doch irgendwie finde ich sie ausgesprochen unsympathisch. Vermutlich sieht sie mich als Eindringling, dabei habe ich mir diese Tour aufs Land ja nicht selbst ausgesucht. Keine Ahnung, warum es mir eigentlich wichtig ist, was Davina über mich denkt.

Ich habe noch eine halbe Stunde, mache mich frisch und ziehe mich für das Abendessen um. Da ich nicht weiß, welche Garderobe zum Essen erwartet wird, entscheide ich mich für ein kurzes schwarzes Kleid. Jetzt, Mitte Oktober, wird es abends schon kühl, daher lege ich mir ein buntes Tuch als Stola um die Schultern. Ich verzichte auf High Heels und trage lieber Schuhe mit halbhohen Absätzen.

Zu meiner Überraschung wartet am Ende der Treppe Leandro auf mich. »Clark, Sie sind pünktlich.« Er lächelt und hält mir den Arm hin. Ich will mal nicht so sein, hake mich ein, und gemeinsam betreten wir das Esszimmer.

»Valery, darf ich Ihnen meinen Vater, Vincenzo Mariani, vorstellen? Vincenzo! Das ist Valery Clark, eine meiner Mitarbeiterinnen aus dem Verlag. Sie ist hier, damit wir gemeinsam an meinem Buch arbeiten können.«

»Signorina Clark. Ich freue mich, Sie kennenzulernen. Darf ich fragen, woher Sie kommen?« Der stattliche Mann mit dem weißen Bart und Haar reicht mir freundlich die Hand.

»Signore Mariani, ich freue mich auch, Sie kennenzulernen. Ich komme aus London und bin für ein paar Monate in Rom. Na ja, jetzt eben in Artimino.«

»Oh bitte, nennen Sie mich Vincenzo, so wie alle anderen auch. Leandro wird Signore Mariani genannt, nicht wahr?« Er blickt seinen Sohn an und lacht laut auf.

»Sehr gerne, Vincenzo.«

»Gut, ich werde Sie Valery nennen. Jetzt, wo wir vollzählig sind, können wir endlich essen. Ich sterbe vor Hunger.« Er nimmt am Kopfende des Tisches Platz.

Ich warte, welchen Stuhl Leandro für mich vorgesehen hat. Er zieht einen an der rechten Seite des Tisches vor und bittet mich, dass ich mich setze, dann nimmt er neben mir Platz und schenkt mir ein Glas Wein ein.

Eine ältere Frau betritt den Raum, gefolgt von einem jungen Mädchen, die große Schüsseln auf dem Tisch verteilen. Es gibt Pasta mit zwei verschiedenen Soßen. Meeresfrüchte und eine Tomatensoße. Dazu werden Weißbrot und eine scharfe Paste gereicht. Das Essen ist gut und die Stimmung am Tisch recht ausgelassen. Mir gegenüber sitzt Fabio Amato, der Verwalter des Weinguts, daneben Davina und Tamino. Zu meiner linken sitzt ein Mann namens Enzo Soretti. Er scheint Mitte dreißig zu sein und ist der Anwalt der Familie.

Enzo und Vincenzo machen reichlich Witze über die Jugendzeit von Leandro, denn er und Enzo haben gemeinsam die Schule besucht.

»Zumindest ist aus mir etwas geworden, was man von Enzo nicht gerade sagen kann. Anwalt ist nun mal kein ehrbarer Beruf«, kontert Leandro. »Oder was meinen Sie, Valery?«

»Was, ihr siezt euch noch? Das müssen wir schnellstens ändern«, meint Enzo und schüttet erneut Wein in mein Glas.

»Ihr müsst Brüderschaft trinken«, fordert er mich und Leandro auf.

Ich spüre, wie ich rot werde. Niemand scheint sich zu fragen, wie ich dazu stehe.

Leandro erhebt sein Glas und wartet, dass ich es ihm gleichtue. Wir stoßen an. »Leandro«, murmelt er und blickt mich wieder so intensiv an.

»Valery«, flüstere ich leise, und wir trinken beide einen Schluck.

»Das könnt ihr doch bestimmt besser.« Tamino blickt uns herausfordernd an.

Oh Gott! Ich kann Leandro unmöglich vor aller Augen küssen.

»Natürlich können wir das, aber ich denke, das heben wir uns für später auf, nicht wahr, Valery?«

Ich nicke dankbar und schenke ihm ein Lächeln.

»Was haltet ihr von einem guten Espresso?«, meint Vincenzo und zieht die Aufmerksamkeit auf sich.

Wir sitzen noch eine Weile gemütlich zusammen, und Enzo möchte eine Menge über London wissen. Ich beantworte seine

Fragen gerne, bis Leandro sich erhebt und mich bittet, ihn zu begleiten. Ich verabschiede mich und folge ihm.

»Ich möchte Ihnen … dir gerne das Arbeitszimmer zeigen.«

»Das ist eine gute Idee. Ich habe den Nachmittag genutzt, um an der Leseprobe zu arbeiten. So kann ich morgen früh direkt loslegen.«

Er öffnet eine Tür am anderen Ende des Flurs, und wir betreten ein großzügiges Arbeitszimmer, das angenehm kühl ist.

*

Leandro schließt hinter Valery die Tür, und es ist ein merkwürdiges Gefühl für ihn, sie hier in seinem Zimmer zu haben. Bisher hat er es immer allein genutzt, wenn er an dem Manuskript gesessen hatte. Nun gemeinsam mit ihr daran zu arbeiten wird schwer für ihn sein. Er weiß nicht, was ihn geritten hat, Valery auf das Weingut einzuladen. Es war eine impulsive Entscheidung, die er fast sofort wieder bereut hatte. Doch nun ist sie hier, und er kann sie schlecht zurück nach Rom schicken.

Neugierig schaut sie sich um. Geht die Bücher durch, die in dem großen Regal an der Seitenwand aufgereiht sind.

»Du besitzt eine Menge Erstausgaben«, stellt Valery fest.

»Ja, es ist so was wie ein Hobby. Ich suche auf Trödelmärkten nach Erstausgaben oder besonders gut erhaltenen Sonderausgaben.«

»Nun, du scheinst extrem erfolgreich mit deiner Suche zu sein.«

»So könnte man es nennen. Ich arbeite an dem Laptop und werde dir einen Gastzugang einrichten, dann kannst du an dem Skript arbeiten, wann du willst.«

»Werden wir das denn nicht gemeinsam?«, fragt sie und tritt zu Leandro an den Schreibtisch.

»Doch, natürlich, aber ich denke, du möchtest auch allein daran arbeiten, wenn ich verhindert sein sollte.«

Valery nickt.

Leandro setzt sich an den Schreibtisch und klappt den Laptop auf, beginnt auf der Tastatur zu tippen.

»Nenn mir ein Passwort. Etwas, was du nicht so schnell vergisst.«

Sie überlegt einen Augenblick, dann gleitet ein Lächeln über ihre Züge. »Leandro.«

»Ja, bitte.«

»Nein, ich meine, das ist mein Passwort: Leandro.«

Er schüttelt den Kopf. »Das ist nicht dein Ernst.«

»Doch. Du wolltest doch etwas, das ich nicht vergesse.«

»Das bedeutet jetzt aber nicht, dass ich mein Passwort in *Valery* ändern muss, oder?« Er blickt sie ernsthaft an, dann beginnt er über seinen eigenen Witz zu lachen.

Sie scheint diesen Humor nicht zu teilen. Sie setzt sich ihm gegenüber in den Sessel, der vor dem Schreibtisch steht. »Leandro, ich habe mich heute intensiver mit dem Skript beschäftigt und mir ist nicht ganz klar, wohin die Story treibt. Diese Figur des Tomaso, des Protagonisten, sie ist ungemein … dominant. Die anderen Charaktere wirken hingegen blass. Wie sieht dein Plot aus?«

Leandro faltet seine Hände und lehnt sich in dem Stuhl zurück. »Es gibt keinen Plot.«

»Was? Aber wie baust du deine Geschichte auf? Du musst doch ein Konzept haben.«

»Valery, wenn du mich wirklich kennen würdest, wäre dir klar, dass ich anders bin als alle anderen. Also arbeite ich auch dementsprechend. Ich schreibe aus dem Bauch heraus. Ich halte mich an keine Vorgaben. In jedem Satz steckt ein Stück meines Herzens, dazu brauche ich keinen … Plot.«

»Kein Wunder, dass der Protagonist so dominant ist. Das bist du in deinem Buch, habe ich recht? Ist es deine Geschichte?«

Als Leandro nicht antwortet, erhebt sich Valery. »Wenn du nicht offen zu mir bist, werde ich dir nicht viel helfen können, Leandro. Weißt du, ich habe keine Ahnung, warum du mich unter einem Vorwand hierhergelockt hast. Ich denke, es ist das Beste, wenn ich morgen wieder abreise. In Rom werde ich vermutlich eine größere Hilfe sein.« Sie erhebt sich so abrupt, dass Leandro nichts erwidern kann.

Er braucht einige Sekunden, bis er sich aus seiner Trance lösen kann. Ja, warum hat er sie hierhergeholt?

Geschmeidig wie ein Panther springt er auf, läuft mit langen Schritten in den ersten Stock hinauf und erreicht Valery, bevor sie ihre Zimmertür öffnen kann. Er drängt sie von hinten an die geschlossene Tür. »Du bist hier, weil ich weiß, dass du mich verstehen wirst. Du kannst mir helfen, dieses Buch zu schreiben, und du bist hier, weil ich es so will«, flüstert er ihr ins Ohr.

»Warum willst du es?«

Sie hält ganz still, rührt sich nicht. Leandro spürt ihren Körper an seinem und reagiert sofort auf sie. Er wird hart, und sein Atem beschleunigt sich. Sie fühlt sich so weich an, die Lust, sie zu berühren, wird immer größer. Es schmerzt ihn beinah in den Fingern, dass er sie nicht anfassen kann.

»Ich mag es, mit dir zu streiten. Du lässt dir nichts gefallen, bietest mir die Stirn, und das gefällt mir. Du bist gefährlich, und ich liebe die Gefahr.« Seine Lippen berühren ihren Hals, als er ihr kastanienrotes Haar zur Seite schiebt und sie zärtlich küsst. Seine Zunge berührt ihre Haut. »Hm, ich wusste, dass du so gut schmeckst. Salzig mit einem Hauch von Orchideen.«

»Du solltest das nicht tun«, murmelt sie leise, lehnt sich jedoch seiner Berührung entgegen. Diese Frau ist ein einziger Widerspruch. Ihre Lippen sagen Nein, ihr Körper aber signalisiert etwas ganz anderes.

»Warum nicht?«, will Leandro wissen.

»Es ist nicht fair. Ich arbeite für dich«, murmelt sie leise.

»Ja, du arbeitest für mich, aber ich bezahle dich nicht dafür. Das ist ein großer Unterschied.«

»Bitte, lass mich gehen«, fordert sie und dreht sich in seinen Armen um, sodass sie ihm in die Augen blicken kann. »Du solltest mich gehen lassen«, wiederholt sie eindringlich.

»Gott, Valery! Du weißt genau, dass ich das nicht mehr machen kann. Du forderst mich heraus, und das ist nicht fair von dir.« Er berührt zart ihre Wange mit seinem Daumen, streichelt sie zärtlich. »Wir haben noch etwas nachzuholen.«

Valery blickt ihn verständnislos an.

»Jetzt wo wir uns duzen«, erklärt er leichthin und küsst sie auf die Lippen. Es ist ein zarter, leichter Kuss, der nichts fordert, aber auch nichts verspricht.

»Schlaf gut, Valery. Wir sehen uns um neun Uhr zum Frühstück. Sei pünktlich.«

5

Ich habe die halbe Nacht wach gelegen und an diesen Kuss gedacht. Leandro ist mir ein Rätsel. Ein Mann voller Geheimnisse. Diese sonderbare Beziehung zu seinem Bruder, dann diese unfreundliche Davina. Sie hat Leandro begrüßt, als wäre er ihr Mann, dabei ist sie mit seinem Bruder verheiratet.

Im Morgenrauen schleppe ich mich aus dem Bett und dusche ausgiebig. Vor allen anderen bin ich im Erdgeschoss und betrete den Garten durch das Esszimmer, dessen Türen weit aufstehen.

Auf der Terrasse wird gerade der Tisch von der Haushälterin gedeckt, die mich freundlich anlächelt. Der Garten ist abschüssig und gibt einen wundervollen Blick auf das Tal frei. Kleine Hügel erheben sich, und einige Spitzen der Säulenzypressen lugen aus dem über dem Tal liegenden Nebel heraus. Ich kann mich gar nicht sattsehen an den Farben der Morgenröte. Die Grün- und Brauntöne der Ebene werden durch die Sonnenstrahlen zu einem blassen Gemälde.

»Ist es nicht wundervoll?«

Die dunkle Stimme Vincenzos neben mir reißt mich aus der Bewunderung für diesen Anblick.

»Ich stehe jeden Morgen vor Sonnenaufgang auf, nur um den Anblick festzuhalten.« Er blickt auf seine Kamera, die er in den Händen hält.

»Ist das ein Hobby von Ihnen?«

»Nun ja, ich fotografiere gerne.« Er hebt die Spiegelreflexkamera vor seine Augen, und ich lächele automatisch. Ein paar Mal höre ich den Auslöser klicken.

»Sie sind eine klassische Schönheit, Valery. Eine gerade Nase, hohe Stirn, ein wunderschönes ovales Gesicht, fein geschwungene volle Lippen und geheimnisvolle graue Augen«, beschreibt er mich.

»Oh, bitte, Vincenzo. An mir ist gar nichts geheimnisvoll«, winke ich lächelnd ab. Es ist mir peinlich, dass er mich so sieht.

»Nein, glauben Sie mir, ich weiß, was Leo in Ihnen sieht.«

»Vincenzo, ich bitte Sie. Ich arbeite für ihn, das ist auch schon alles. Sie sehen mehr, als da wirklich ist.«

»Wissen Sie, Valery, dass Sie die erste Frau sind, die Leo hierherbringt, seit …« Plötzlich verstummt er, und sein Blick geht in die Ferne.

»Seit wann?«, hake ich nach.

»Seit seine Verlobung gelöst wurde. Das war vor acht Jahren.«

»Leandro war verlobt?«

»Ja, mit Davina. Doch dann hat sie sich in Tamino verliebt und die Verlobung mit Leo gelöst. Seit dieser Zeit reden Leo und Tamino kaum noch miteinander. Sie müssen wissen, Tamino hatte es immer überaus leicht. Bei den Frauen, in seinem Studium, das ganze Leben. Ihm scheint alles zuzufliegen.«

»Davina ist eine schöne Frau, da kann ich verstehen, dass man sich um sie streitet.«

Vincenzo schüttelt den Kopf, blickt über seine Schulter, ob uns auch niemand belauscht. »Ja, sie ist von außen wunderschön, doch was wirklich zählt, ist das Innere. Sie, Valery, sind außen und im Herzen schön. Das ist etwas, was Davina niemals erreichen wird. Sie hat sich Tamino zugewandt, weil sie dachte, er wird das Weingut einmal erben. Doch vor einigen Jahren gab es Missernten, wir standen kurz vor dem Ruin. Leandro hat uns aus den roten Zahlen herausgeholt. Er ist ein guter Geschäftsmann und hat das Gut gekauft. Nun gehört alles ihm, und Davina lässt keinen Moment aus, sich ihm an den Hals zu werfen.«

»Sie meinen, Davina ist auf das Erbe aus?« Ich kann es nicht ganz glauben.

»Nein, Davina ist auf Ansehen und Geld aus …«

»Valery! Du bist schon auf?« Leandro kommt auf sie zu.

»Ja, ich bewundere mit deinem Vater die Landschaft.« Ich werfe Vincenzo ein zartes Lächeln zu, das bedeutet, dass unser Gespräch unter uns bleibt.

»Ich habe ein paar Fotos von Valery gemacht. So einen Anblick darf man sich nicht entgehen lassen. Ich werde Kopien für Sie anfertigen.« Vincenzo drückt meinen Arm und lässt uns allein.

»Guten Morgen, Leandro.«

»Guten Morgen. Wie hast du geschlafen?«

»Danke, sehr gut. Dein Vater ist ein wirklich netter Mann.«

»Worüber habt ihr euch unterhalten? Ihr saht so vertraut aus.«

»Über das Weingut. Bist du etwa eifersüchtig?«

Leandro schiebt die Hände in die vorderen Hosentaschen seiner Jeans.

»Papa ist schon lange Witwer. Die Frauen im Dorf sind ganz verrückt nach ihm. Er vergnügt sich gerne, aber eine andere Frau als Mama kommt ihm nicht ins Haus.« Leandro lächelt bei dem Gedanken.

»Werden wir heute an dem Manuskript arbeiten?«, frage ich, um das Thema zu wechseln.

»Ja, nach dem Frühstück. Heute Mittag fahren wir nach Florenz.«

»Wir?«, frage ich.

»Ja, es gibt dort einen Flohmarkt, und ich möchte gerne mit dir hingehen.«

»Aber ich habe zu arbeiten«, gebe ich zu bedenken.

»Das ist doch Arbeit.«

*

Das Frühstück verbringe ich unter ständiger Beobachtung von Davina. Obwohl sie sich augenscheinlich gut mit Leandro unterhält, gleitet ihr Blick doch immer wieder zu mir.

»Ich habe gehört, du möchtest nach Florenz, auf den Flohmarkt? Ich könnte dich begleiten«, flötet sie und legt Leandro eine Hand auf den Arm.

»Tut mir leid, Davina. Ich habe Valery bereits eingeladen. Wir wollen dort einige Tage verbringen. Sie kennt Florenz noch nicht, und ich habe versprochen, es ihr zu zeigen.«

Sie schmollt und wirft mir einen missbilligenden Blick zu.

»Bleibt ihr bis zum Fest?«, wirft Vincenzo ein.

»Ja, natürlich. Es ist am Wochenende, und wir bleiben mindestens zwei Wochen in Artimino.«

Davina scheint diese Neuigkeit nicht besonders gut aufzunehmen. »Ist Sie deine Neue?«, fragt sie geradeheraus, und ich schnappe nach Luft. Mir gefällt es gar nicht, dass über mich gesprochen wird, als wäre ich nicht anwesend.

»Valery, bist du so weit?«, fragt Leandro in meine Richtung, anstatt Davinas Frage zu beantworten.

»Ja, natürlich.« Ich wische mir den Mund mit der Serviette ab und erhebe mich. »Schönen Tag noch«, verabschiede ich mich mit einem Lächeln auf den Lippen und gehe Richtung Büro.

»So eine Zicke«, murmele ich leise und schließe die Tür hinter mir.

Ich setze mich an den Schreibtisch und fahre den Laptop hoch. Als ich das Passwort eingebe, muss ich lächeln. Vielleicht hätte ich mir doch ein anderes aussuchen sollen. Als sich die Tür öffnet, fahre ich erschrocken zusammen und will aufstehen, doch Leandro hält mich zurück. »Nein, bitte, bleib sitzen. Das ist ab sofort dein Platz. Ich habe hier etwas für dich.«

Er legt mir eine DIN-A4-Seite vor, und ich blicke ihn überrascht an.

»Ich konnte gestern Nacht nicht schlafen, da habe ich angefangen, einen Plot zu entwickeln.«

»Sehr schön.« Ich strahle ihn regelrecht an, weil ich seine Unsicherheit sehe.

»Ich habe so etwas noch nie gemacht, daher solltest du etwas nachsichtig mit mir sein.« Er setzt sich in den Sessel, in dem ich gestern Abend saß.

»Ein Plot ist ja kein Protokoll, du kannst ihn dir einteilen, wie du möchtest. Lass mal sehen. Okay, du hast die Protagonisten skizziert und auch den Antagonisten sowie eine kurze Zusammenfassung der Story.« Ich lese mir die Inhaltsangabe durch und finde Parallelen zu dem, was Vincenzo mir erzählt hat.

»Das hört sich packend an.« Ich schaue auf und sehe seinem Blick an, dass er weiß, worüber ich mit Vincenzo gesprochen habe.

»Du wirkst nicht überrascht«, meint er und legt seinen Knöchel auf dem Oberschenkel des anderen Beins ab.

»Dass du mit Davina verlobt warst?« Warum so tun, als wüsste ich es nicht. »Es geht mich nichts an. Du weißt ja auch nichts aus meinem Leben«, gebe ich zu.

»Oh, ich glaube, du irrst dich. Ich weiß eine Menge über dich. Zum Beispiel, dass du eine hervorragende Lektorin bist. Einige Bücher, die unter deiner Leitung erschienen sind, kenne ich als Urfassung. Was du daraus gemacht hast, ist beachtenswert. Ich habe nicht aus einer Laune heraus zugestimmt, als dein Vater bei mir nach einem *Praktikumsplatz* angefragt hat. Du bist viel zu gut, und ich glaube, davor hat dein Vater Angst, deshalb hat er dich weggeschickt. Ein Glück, dass ich genau dich wollte.«

»Mich?«, frage ich unsicher.

»Ja, ich wollte dich. Für mein Buch.«

Ja, natürlich, wofür auch sonst. Was für eine blöde Frage.

»Du hast mich.« Ich blicke ihm ernst in die Augen. Ich muss versuchen, das hier auf einer rein beruflichen Ebene zu halten. Ob mir das gelingt, weiß ich nicht, aber mehr ist nicht drin. Die Gefahr, dass ich hier in etwas hineingerate, ist viel zu groß. Leandro hat eine enorme Anziehungskraft auf mich, und ich muss versuchen, eine schützende Mauer um mich aufzubauen, sonst laufe ich Gefahr, dass ich am Ende mein Herz verliere.

»Da bin ich mir nicht so sicher«, verkündet er und blickt mich herausfordernd an.

»Warum nicht? Ich bin hier und arbeite mit dir. Das ist doch das, worum es dir geht. Also, lass uns loslegen.«

Leandro nickt und blickt aus dem Fenster. »Gut, lass uns beginnen.«

6

Wir arbeiten konzentriert bis zur Mittagszeit, als Leandro plötzlich unruhig wird.

»Ich habe genug für heute. Komm, lass uns nach Florenz fahren.« Er erhebt sich und klappt mir den Laptop zu, dabei sind wir mit der Figurenzeichnung fast fertig.

»Jetzt mittendrin willst du einfach aufhören?«

»Ja, ich bekomme schon Kopfschmerzen.«

»Kann ich mich wenigstens noch kurz umziehen?«

»Nur zu. Ich erwarte dich in einer Viertelstunde vor der Tür. Und pack etwas für eine Übernachtung ein.« Damit verlässt er den Raum.

Na toll. Was soll ich mit dieser Information jetzt anfangen? Ich habe keine Ahnung, was ich einpacken soll. Also schmeiße ich alles in die Reisetasche, was mir in die Finger kommt, damit ich für alles gerüstet bin. Selbst ein Abendkleid nehme ich mit.

Als ich zehn Minuten später vor dem Haus stehe, läuft mir auch noch Davina über den Weg. Sie wirft mir einen Blick zu, der mich töten würde, könnte er es. Kurz hält sie inne und schnauft dann verachtend. Na klasse! Freunde werden wir in diesem Leben wohl nicht mehr.

Leandro fährt den Wagen vor und bleibt schlitternd neben mir stehen. Geschmeidig springt er aus dem Cabrio und blickt verwundert auf meine Reisetasche und den Kleidersack.

Ich hebe nur gleichgültig die Schultern. »Ich hatte keine Ahnung, was ich einpacken sollte.«

»Also bist du eine Frau, die auf alles vorbereitet ist.« Er nimmt mein Gepäck und verstaut es in dem kleinen Kofferraum des Ferrari California T. Ich liebe Sportwagen, doch dieser hier ist etwas ganz Besonderes, das erkenne ich auf Anhieb.

»Wie viel PS?«, frage ich Leandro, als er sich neben mir auf dem Fahrersitz niederlässt.

Ein breites Lächeln gleitet über seine Züge. »Genug«, ist seine Antwort.

Der satte Sound des Motors lässt mein Herz gleich höherschlagen, und als er Gas gibt, werde ich praktisch in den Sitz gedrückt, als säße ich in einem Düsenjet. Wir lassen eine riesige Staubwolke hinter uns. Ich löse mein Halstuch und binde es mir über das Haar, damit ich noch eine Frisur habe, wenn wir in Florenz ankommen.

Die Fahrt dauert nicht mal eine Stunde, bis wir einen Hügel hinauffahren und ein großes helles Haus in Sicht kommt.

»Mein Gott, ist das schön«, staune ich, als Leandro vor dem Eingang hält und dem Pagen seinen Autoschlüssel übergibt.

»Das Il Salviatino ist eine Villa aus dem fünfzehnten Jahrhundert. Es liegt hier in den Hügeln von Fiesole und bietet uns einen schönen Blick über ganz Florenz«, erklärt mir Leandro, nimmt meine Hand und führt mich in die Lobby.

»Unser Gepäck?«, frage ich vorsichtig nach.

»Finden wir gleich in der Suite.«

»Ah, Signore Mariani! Wir freuen uns, Sie wieder einmal in unserem bescheidenen Haus begrüßen zu dürfen.« Der Concierge deutet eine Verbeugung an.

»Danke, Davide. Ich freue mich auch, dass ich endlich wieder Zeit finde, Sie zu besuchen. Ist die Greenhouse-Suite vorbereitet?«

»Natürlich, Signore Mariani.« Er überreicht Leandro zwei Schlüsselkarten. Ich schaue mich unauffällig um und wähne mich ein paar Jahrhunderte zurückversetzt. Das Interieur gleicht einer Burg aus alter Zeit.

»Bitte bemühen Sie sich nicht. Ich kenne den Weg.«

»Wie Sie wünschen.«

Davide verbeugt sich erneut und schenkt mir ein freundliches Lächeln.

Leandro nimmt wieder meine Hand und dirigiert mich durch das Hotel zum Hinterausgang, der in den Garten führt. Er ist terrassenförmig angelegt und sieht einfach umwerfend aus. Die Aussicht auf die Stadt ist grandios. Ich sehe eine Infinity-Poollandschaft und Terrassen, auf denen die Gäste ihre Mahlzeiten einnehmen können.

»Das ist himmlisch«, flüstere ich Leandro zu, der mich nur anlächelt.

Unsere Suite liegt im Wintergarten, den wir direkt durch den Garten betreten. Ich weiß nicht, was ich erwartet habe, doch als sich die Tür hinter mir schließt, bin ich sprachlos. Das Licht, das durch die Fensterfront im Wohnzimmer fällt, lässt den modern eingerichteten Raum förmlich leuchten. Hier ist alles neu und hell. Von den Vorhängen über die Einrichtung im Wohnraum bis zu dem Bett im Schlafzimmer. Die Suite ist nicht besonders groß, aber der Blick über die Hügel hinunter auf die Stadt und die Kathedrale Santa Maria del Fiore mit ihrem großen Kuppeldach macht sie zu einem Erlebnis.

Ich stehe vor dem Fenster und kann mich gar nicht sattsehen. Wenn William das nur sehen könnte. Er wird es mir nicht glauben. Ich schieße ein Handyfoto und schicke es Will.

»Deinen Äußerungen nach zu urteilen, gefällt es dir hier«, schlussfolgert Leandro und lässt sich auf das Sofa fallen.

»Es ist alles neu für mich. Rom, Florenz und … du«, gebe ich zögerlich zu. Ich schaue mich um und sehe mein Gepäck neben der Tasche von Leandro stehen.

»Dein Zimmer liegt am anderen Ende der Suite, du kannst es nicht verfehlen.« Leandro ist meinem Blick gefolgt.

»Danke«, erwidere ich und schnappe mir mein Gepäck, durchquere das Wohnzimmer und beziehe das andere Schlafzimmer. Schnell ist der Koffer ausgepackt. Da ich nicht weiß, was Leandro nun vorhat, lege ich mich auf das Bett und warte einfach ab.

Was machst du in Florenz? Die Nachricht stammt von Will. *Ich dachte, du bist in Rom???*

Gleich drei Fragezeichen. Ich will William antworten, doch ich höre Leandro rufen: »Clark! Komm schon, wir wollen uns die Stadt ansehen.« Dieser Mann ist einfach unmöglich.

Erkläre ich dir später!, simse ich zurück und stecke das Handy weg.

*

Wir schlendern über den berühmten Flohmarkt auf der Piazza dei Ciompi. Hier wird alles angeboten, was man sich nur vorstellen kann, unter anderem alter Schmuck, Möbel, Bilder und eben auch Bücher. Leandro kann an keinem Bücherstand vorbeigehen, ohne einen Blick auf die Auslagen zu werfen. Hier und da blättert er in einem Band, aber nichts scheint ihm interessant genug.

Ich schaue mir die feinen Schmuckstücke genauer an. Goldschmuck ist eigentlich nicht so mein Ding, doch hier in dieser alten Stadt mit dem goldenen Licht haben diese Schmuckstücke eine ganz besondere Faszination auf mich.

»Was gefällt dir?«, fragt Leandro an meinem Ohr und legt einen Arm um meine Taille. Diese plötzliche Nähe bringt mich vollkommen durcheinander.

»Nichts besonders«, erwidere ich und will mich abwenden, doch er hält mich fest.

»Ist es der goldene Anhänger? Oder das passende Armband?« Er ist meinem Blick gefolgt.

»Das sind echte Smaragde, Signore. Das Ensemble stammt aus dem siebzehnten Jahrhundert. Der Anhänger ist in Tropfenform geschliffen, und das Armband ist eine geschlungene Gliederkette, in der die kleinen Smaragde eingelassen sind. Der Armschmuck hat fünfzehn Steine. Schauen Sie her, Signore. Ich habe ein Zertifikat, das beweist, dass der Schmuck echt ist.«

Er reicht Leandro eine Papierrolle.

»Quanto costa?«, frage ich.

»Fünftausend Euro.«

Haha! Vielen Dank und nein danke.

»Okay, wir sollten weitergehen, Leandro.« Ich will ihn an der Hand von dem Stand wegziehen, doch er rührt sich nicht von der Stelle.

»Es würde zu dem Abendkleid passen, das du eingepackt hast.«

»Woher weißt du, was ich …«

Er lächelt mich an.

Ich wusste, es war unnötig, ein Abendkleid einzupacken, und komme mir nun unglaublich dumm vor.

»Dreitausend«, meint Leandro zu dem Händler.

»Oh bitte! Der Schmuck ist doch niemals echt«, stöhne ich auf und will weitergehen, doch Leandro hält mich zurück.

»Viertausend, mein letztes Wort.«

Leandro ist nicht zu helfen. Ich schließe die Augen und wünsche, ich hätte mir nur die Bücher angesehen.

»Signore, das kann ich nicht machen, Sie ruinieren mich.« Der Verkäufer schaut ehrlich betrübt aus und schüttelt den Kopf.

»Viertausendfünfhundert und dieses Buch.«

»Signore, das Buch kostet allein vierhundert Euro.«

»Wir wissen beide, dass das Buch keine Erstausgabe von *Romeo und Julia* ist. Also schlagen Sie ein, oder verlieren Sie ein gutes Geschäft.« Leandro hält ihm die Hand hin und wartet, dass der Händler sie ergreift.

»Porco Dio! Abgemacht.« Der kleine Mann zupft an seinem Schnäuzer, dann schlägt er ein, und mein Herz rutscht mir in die Hose.

»Du bist wirklich verrückt«, murmele ich und schüttele den Kopf.

Leandro bezahlt mit seiner Kreditkarte und nimmt die Schatulle mit den Schmuckstücken und das Buch entgegen.

»Nimmst du das für mich in Verwahrung?«, fragt er und reicht mir die Gegenstände.

Ich mache kein glückliches Gesicht, sage aber nichts und stecke sie in meine große Handtasche.

»Wir sollten essen gehen, denn wir haben heute Abend noch etwas vor.«

»Was haben wir denn vor?«, frage ich neugierig.

»Das, cara mia, ist eine Überraschung.«

Wir essen im Restaurant des Hotels. Ich begnüge mich mit einem Antipastiteller, während Leandro sich für ein Stück Kalbfleisch entscheidet.

»Warum tanzt du nach der Pfeife deines Vaters«, will er plötzlich wissen.

»Es ist schwer, sich gegen einen dominanten Mann durchzusetzen, das müsstest du doch wissen.«

»Du liebst es, dass man dich dominiert. Ich glaube, du verbirgst eine gewisse Unterwürfigkeit, und ich möchte dir helfen, sie auszuleben.«

Entgeistert blicke ich ihn an. »Wie kommst du auf die Idee, dass du mich kennst? Ich arbeite gerade mal zwei Tage für dich.«

Lasziv grinst er mich an. »Cara, ich habe dich in der ersten Sekunde durchschaut, mit der geblümten Bluse, so unschuldig. Du bist genau der Typ Frau, auf den ich gewartet habe.«

Ich lege mein Besteck zur Seite. »Und worauf genau hast du gewartet?«, frage ich leise.

Er tupft sich den Mund mit der Stoffserviette ab, legt sie fein säuberlich zusammen und schaut mich eindringlich an. »Warum glaubst du, bin ich mit dir in ein Hotel gefahren? Damit wir die Nächte in zwei verschiedenen Zimmern verbringen? Das hätten wir auch auf dem Gut haben können.« Er greift zu seinem Weinglas und nippt daran.

Nun, diese Äußerung war eindeutig. »Ich bin keine Hure, die man mit Schmuck kaufen kann«, meine ich ernst, erhebe mich und laufe durch den Garten zu unserer Suite.

7

Mit einem lauten Knall fällt meine Zimmertür ins Schloss, und ich lasse mich auf das Bett plumpsen. Ich habe genug von diesem dominanten Leandro, nach dessen Pfeife ich tanzen darf. Er ist wie Feuer und Wasser, beides gleichzeitig. Für wen hält er mich? Er hätte mit Davina fahren sollen, sie wäre genau die Richtige gewesen. Vielleicht sollte ich ihm sagen, dass ich zurück zum Gut möchte. Entschlossen stehe ich auf, verlasse mein Zimmer und steuere auf Leandros zu. Ich lege die Hand auf den Türgriff und halte dann inne. Jetzt oder nie. Ich drücke sie hinunter, doch letztendlich verlässt mich der Mut. So leise wie möglich lasse ich den Griff wieder los.

»Clark! Komm herein!«, ertönt Leandros Stimme von der anderen Seite der Tür.

Mist!

Mir bleibt nichts anderes übrig, als die Tür zu öffnen. Sofort spüre ich die Spannung, die zwischen uns in der Luft liegt.

»Komm her zu mir«, fordert er mich auf und hält mir die Hand hin.

Ich komme seiner Aufforderung nach und setze mich auf die Bettkante.

»Du bist verwirrt, habe ich recht?«

Ich nicke, weil mir das auch gerade aufgegangen ist. »Was erwartest du von mir?«

»Dass wir hier ein paar schöne Tage verbringen. Fernab von meiner Familie. Nur du und ich.«

»Wirst du nicht in Rom erwartet?«, frage ich und spiele mit der Kante der Tagesdecke.

»Chiara kümmert sich um alles. Sie ist meine rechte Hand, und ich kann mich auf sie verlassen.«

»Wir sollten wieder zurück auf das Gut fahren und mit der Arbeit weitermachen.«

»Warum?«

»Weil es besser für uns wäre«, erkläre ich zögerlich. »Du und ich, das kann nicht gut gehen.« Ich seufze leise.

»Womöglich hast du recht, doch ich will, dass du bei mir bleibst, Valery. Du weißt, dass ich dich will. Wie sieht es mit dir aus?« Er blickt mich ernst an und berührt meinen Arm.

Wie immer, wenn er einen körperlichen Kontakt herstellt, bin ich so gut wie willenlos. »Was ist mit Davina?«, presse ich trotzdem hervor. Ich muss wissen, wie er zu ihr steht.

»Davina?«, fragt er überrascht. »Sie hat sich für meinen Bruder entschieden, schon vor langer Zeit. Es gibt nichts mehr dazu zu sagen. Davina ist Vergangenheit.«

»Und was bin ich?«, frage ich leise und vermeide es, ihn anzusehen.

»Du bist das Hier und Jetzt, wenn du es willst. Valery, schau mich an.«

Ich zögere, dann richte ich meinen Blick auf sein Gesicht, sehe in seine wunderschönen braunen Augen, die mich intensiv mustern.

»Du bist seit Langem die erste Frau, die mich wirklich interessiert. Gib uns eine Chance und sag nicht gleich Nein. Ich weiß, ich bin nicht einfach, aber wir können eine wunderschöne Zeit miteinander verbringen, wenn du es willst.«

Seiner Stimme, so leise und einschmeichelnd, habe ich nicht viel entgegenzusetzen. Was habe ich zu verlieren? Nicht viel, außer meinem Herzen vielleicht, doch darüber will ich jetzt gar nicht nachdenken. Ich strecke meine Hand aus, berühre sein Kinn, streichle seine Wange und beuge mich hinunter, um ihn zu küssen.

Was als sanfter Kuss beginnt, wird bald zu etwas ganz anderem. Leandro zieht mich in seine Arme und öffnet geschickt den Reißverschluss meines Kleides auf dem Rücken. Ich bin froh, in weiser Voraussicht die feine Spitzenwäsche angezogen zu haben. Das Dunkelblau schmeichelt meiner leicht gebräunten Haut und passt gut zu den kastanienroten Locken.

»Hm, Spitze. Steht dir«, murmelt Leandro, während er mich weiter auspackt, als wäre ich ein wertvolles Weihnachtsgeschenk. Er zieht mir das Kleid aus und blickt auf mich herab. Er löst den BH-Verschluss am Rücken und streift mir die Träger ab. Dann fährt er den Bund meines Strings nach, schiebt ihn hinunter, bis er ihn mir ganz auszieht. Er ist sorgsam, geht mit dem hauchdünnen Stoff vorsichtig um.

»Bezaubernd«, murmelt er entrückt und streichelt meine Oberschenkel. »Schließ deine Augen«, fordert er mich auf, doch ich schüttele den Kopf.

»Ich möchte dich auch sehen.«

Leandro nickt und beginnt damit, sein Sakko auszuziehen, dann legt er in aller Ruhe die Manschettenknöpfe ab, entledigt sich der Krawatte und knöpft sein Hemd auf.

»Alles«, weise ich ihn an.

Also öffnet er auch den Gürtel und zieht die Hose samt Strümpfen und Schuhen aus. Ich beobachte jede Regung und kann meinen Blick nicht von diesem Mann abwenden. Er sieht aus wie eine Statue von Michelangelo. Jeder Muskelstrang fein definiert, die gebräunte Haut schimmert im Tageslicht, und ich will ihn unbedingt berühren. Doch als ich meine Hand ausstrecke, hält er mich auf.

»Nein, warte. Erst bin ich dran.«

Er blickt mich ernst an, als wäre das hier nicht nur ein Spiel zwischen zwei Erwachsenen, sondern etwas viel Wertvolleres.

Ich kann nicht erklären, warum ich meine Meinung so plötzlich geändert habe. Sobald er mich berührt, will ich ihn, als läge ein ganz besonderer Zauber in seinen Berührungen, dem ich einfach nicht widerstehen kann.

*

Ihre Haut schimmert wie Perlenglanz. Leicht getönt und doch hell, wie es bei Rothaarigen oft der Fall ist. Leandro kann sich gar nicht daran sattsehen. Immer wieder streift er mit den Fingerspitzen ihre Oberschenkel vom Knie Richtung Körpermitte auf der Innenseite entlang. Je näher er ihrer Scham kommt, umso nervöser wirkt Valery. Sie ist rasiert, und er sieht die Feuchtigkeit zwischen ihren Beinen glitzern. Eine leichte Brise, die durch die offen stehenden Fenster hereinweht, trägt ihren Duft zu ihm. Ein Bouquet aus Orchidee und Moschus.

»Ich muss dich schmecken«, raunt er ihr zu und rutscht ein wenig auf dem Bett hinunter, bis sein Kopf zwischen ihren Beinen verschwindet. Mit den Fingern teilt er ihre Lippen und leckt sie mit zarten Zungenschlägen.

Valery holt erschrocken Luft, beißt dann die Zähne zusammen. »Gott, du bringst mich um«, jammert sie und windet sich leicht.

»Das ist meine Absicht«, knurrt er und schiebt einen Finger in sie hinein.

»Leo!«, keucht Valery und klammert sich an das Laken.

»Was ist? Gefällt es dir nicht?« Ein Lächeln ist hinter seinen Worten zu hören.

»Doch, hör bloß nicht auf.« Valery spreizt ihre Beine, um ihm mehr Platz zu bieten und ihn noch tiefer in sich zu spüren.

»Das käme mir niemals in den Sinn, cuore mia.«

Sie lächelt Leandro an, windet sich unter den Berührungen. »Ich halte das nicht mehr aus, bitte lass mich kommen.«

»Was? Schon?« Er richtet sich erstaunt auf. »Ich bin noch lange nicht mit dir fertig.«

»Oh Gott! Das halte ich nicht aus«, schreit sie und verliert sich in dem Rausch des Höhepunkts, der wie aus dem Nichts über sie hinwegfegt.

*

Eine Hand legt sich über meinen Mund und erstickt den Schrei im Keim. Im ersten Moment gerate ich in Panik, doch als Leandro einen Augenkontakt herstellt, fühle ich mich sicher.

»Alles ist gut, ciccina. Wer hätte gedacht, dass in dir so eine Wildkatze steckt.« Er leckt sich genussvoll über die Lippen und küsst meine Schulter, dabei gleitet er über meinen Körper, bedeckt mich mit seinem, stützt sich mit den Händen ab, sodass ich nicht sein Gewicht tragen muss.

Er gleitet fast widerstandslos in mich hinein, und wir bewegen uns in einem leichten Rhythmus, den Leandro vorgibt. Er blickt mir tief in die Augen, bannt mich, sodass ich keinen eigenen Willen mehr habe.

»Küss mich«, befiehlt er, und ich gehorche.

Meine Zunge dringt in seinen Mund vor, erforscht ihn. Immer heftiger küsse ich ihn, bis Leandro laut aufstöhnt. Er entzieht sich mir und leckt über einen meiner Nippel, beißt sachte hinein. Ich bäume mich auf, dem Schmerz entgegen.

»Gefällt dir das?«

»Ja. Beiß mich. Fester«, fordere ich.

Er gibt mir einen Klaps auf den Oberschenkel. »Wie war das? Wer gibt hier die Befehle?«, raunt er mir heiser zu.

»Du«, stöhne ich. »Bitte, beiß mich«, flehe ich inständig.

»So ist es besser.« Sein Blick scheint mich zu verschlingen, dann beugt Leandro sich hinunter und beißt mir sachte in die Schulter.

»Ah! Jaaa!«, rufe ich laut und komme ein weiteres Mal. Diesmal zittert Leandro am ganzen Körper, als auch ihn die Welle erreicht und er sich knurrend dem Orgasmus ergibt.

8

Ich habe keine Ahnung, was Leandro plant, doch er hat mich gebeten, das Abendkleid anzuziehen. Nun bin ich doch froh, es eingepackt zu haben. Es ist aus fließender, dunkelgrüner Seide, hat einen U-Boot-Ausschnitt und eine schmale Silhouette. Es schmeichelt meiner schlanken Figur und steht mir außerordentlich gut.

»Bella! Dieses Kleid ist wie für dich gemacht«, schwärmt Leandro, als er das Schlafzimmer betritt. Ich bin fast fertig, steige nur noch in die farblich passenden Schuhe.

»Es fehlt noch etwas«, meint er und öffnet die Schatulle, die er auf dem Flohmarkt erstanden hat.

Er öffnet sie und holt das Armband hervor, legt es mir an. Ich bin sprachlos, weil es einfach unglaublich aussieht. Dann nimmt er die Kette, stellt sich hinter mich und legt sie mir um den Hals, schließt den Verschluss in meinem Nacken. Die Kette hat genau die richtige Länge.

»Du siehst einfach unglaublich aus, cara mia.« Er küsst meinen Hals. »Wenn ich dich so sehe, möchte ich dir dieses Kleid direkt wieder ausziehen, doch die Vorfreude darauf hat auch was.«

Als er mich anschaut, sehe ich die Glut in seinen Augen. Er trägt einen eleganten schwarzen Anzug mit einem weißen Hemd und silbernen Manschettenknöpfen zu einer gleichfarbigen Krawatte. Seine Garderobe unterstreicht seinen dunklen Teint und sieht umwerfend aus. Ich bin kaum in der Lage, meinen Blick von ihm abzuwenden.

»Später«, murmele ich.

Wir werden mit einem Wagen in die Stadt gefahren und halten an der Via Santa Maria – der alten Oper von Florenz.

»Wir gehen in die Oper? Wirklich?«, frage ich aufgeregt, als Leandro mir aus dem Wagen hilft.

»Holen Sie uns um elf Uhr wieder ab«, weist er den Fahrer an und wirft die Autotür zu.

Ich blicke mich um und sehe überall Plakate, die *La Bohème* ankündigen.

»Oh Gott! Es gibt *La Bohème,* ich bin im Himmel gelandet«, stöhne ich lustvoll auf.

»Noch nicht«, flüstert Leandro mir ins Ohr.

Wir haben eine Loge ganz für uns allein, direkt an der Bühne. Es ist unglaublich, und sobald die ersten Klänge der Ouvertüre erklingen, fühle ich mich wie in eine andere Welt versetzt. Ich liebe die Oper, doch das kann Leandro unmöglich wissen.

»Gefällt es dir?«, fragt er leise, rückt seinen Sessel ganz nah an mich heran und nimmt meine Hand in seine.

»Ich danke dir«, flüstere ich ebenso leise und blicke in seine wunderschönen Augen, die mich sanft mustern.

»Ich war schon lange nicht mehr in der Oper, doch deine Freude darüber zu sehen, ist mehr als Belohnung genug.«

Ich warte gespannt auf mein Lieblingslied *Che gelida manina,* das von *Rodolfo* gesungen wird, und bekomme eine Gänsehaut, so sehr geht mir diese Darbietung unter die Haut.

»Deine Hand ist keineswegs gefroren«, spielt Leandro auf den Titel der Arie an, und ich muss lächeln.

»Ist es nicht wunderschön?«, frage ich ihn, und er betrachtet mich vielsagend. »Du bist wunderschön, cara.« Er führt meine Hand an seine Lippen und drückt ihr einen Kuss auf, dann legt er sie wieder in seinen Schoß, ohne sie loszulassen.

Ich spüre seine Erregung unter meinen Fingern und sehe ihn an, doch er reagiert nicht. Sein Blick ist auf die dunkle Bühne gerichtet. Langsam bewege ich meine Finger, streichele über den Stoff seiner Anzughose. Zunächst erreiche ich keine Reaktion, doch dann beugt sich Leandro näher. Ich sehe, wie sein Kiefer mahlt.

»Du spielst mit dem Feuer, meine Schöne«, flüstert er mir zu.

Ein Lächeln gleitet über meine Lippen. Ich liebe es, mit dem Feuer zu spielen, und verstärke den Druck. Laut atmet Leandro aus, drückt sich jedoch näher an meine Hand. Mehr Entgegenkommen brauche ich nicht. Wir sitzen außer Sichtweite der anderen Besucher, und es ist dunkel, die Brüstung des Balkons hoch. Daher ziehe ich langsam den Reißverschluss seiner Hose herunter und schlüpfe mit meiner Hand hinein. Ich schiebe den Rand seiner Shorts hinunter und umfasse seinen Schaft.

Er zischt leise und blickt mich an. »Du solltest nichts anfangen, was du nicht zu Ende bringen kannst«, murmelt er mir leise ins Ohr.

»Wer sagt, dass ich es nicht zu Ende bringe?«, flüstere ich und schaue ihn begehrlich an.

Leandros Blick geht zur Tür, und in Sekunden hat er mich gepackt und in den dunklen Bereich der Loge gezogen.

»Keinen Ton will ich von dir hören«, knurrt er und dreht mich so um, dass ich mich an der Wand abstützen kann. Er hebt mein Kleid hoch und hält den Atem an, als er sieht, dass ich nur einen ganz knappen schwarzen Tanga trage.

»Verdammt, Clark! Für dieses Ding braucht man einen Waffenschein!« Seine Stimme dringt nur ganz leise zu mir durch. Die Opernsänger übertönen seine Worte.

Es dauert nur wenige Sekunden, bis ich seine nackte Haut an meiner Kehrseite spüre.

»Du bist ganz nass, das macht mich verrückt.« Er rückt meinen String zur Seite und ist schon in mich eingedrungen.

Ich schnappe nach Luft, denn er ist so groß, und ich muss mich erst anpassen.

»Du solltest so etwas nicht anziehen, wenn du nicht mit der Konsequenz leben kannst«, presst er zwischen den Lippen hervor.

Immer fester stößt er zu, gleitet tiefer in mich hinein. Ein Arm umfängt meine Hüften, presst mich hart an seinen Körper. Er ist so warm, seine Hitze geht auf mich über. Ich höre den Reißverschluss, den Leandro an meinem Rücken ein wenig hinunterzieht, um den Ausschnitt meines Kleides über meine Schultern zu ziehen. Da ich keinen BH trage, huscht kühle Luft über meine Brüste, deren Nippel sich sofort hart aufstellen. Leandros Hand, die meine Hüfte stützt, fährt nach oben und knetet meine Brüste, zwickt die Nippel, bis ich laut keuche. Ich beiße mir auf die Lippe, damit kein weiterer Laut über meine Lippen kommt.

»Gefällt dir das? Hier, wo uns jeden Moment jemand überraschen könnte? In der Öffentlichkeit, und doch sieht uns niemand?« Leandros heisere Stimme und sein heißer Atem in meinem Nacken bringen mich an den Rand der Selbstbeherrschung.

»Ja … ja«, wispere ich leise.

»Du bist so sexy, dass ich mich auf nichts konzentrieren kann. Ich will, dass du meinen Namen rufst, wenn du kommst, und zwar laut. Hörst du?«

Ich nicke, passe mich seinem Rhythmus an, und fange seine festen Stöße ab. Es ist hart an der Schmerzgrenze, doch ich heiße ihn willkommen.

»Ja«, stöhne ich, und als er feste meinen Nippel zwickt,

komme ich unkontrolliert. »Leandro«, rufe ich laut und habe Glück, dass das Orchester gerade zu einem lauten Finale ansetzt. Mein Schrei geht in dem anschließenden Beifall der Opernbesucher unter. Ich habe das Gefühl, als würde man uns applaudieren, und beginne zu lachen, auch wenn ich es nicht will, aber die Situation ist einfach zu komisch.

Leandro schließt seine Hose, dreht mich um und zieht mich in seine Arme.

»Jetzt hast du das Finale verpasst«, meint er bedauernd, doch ich schüttele den Kopf. »Nein, mein Abgang war wesentlich interessanter.«

9

Mein Handy reißt mich am nächsten Morgen aus dem Schlaf. Ich muss aufstehen, da ich das Smartphone in meiner Handtasche habe, die auf dem Spiegeltisch liegt.

»Ja«, melde ich mich verschlafen und gebe mir erst gar keine Mühe, auf den Anrufer zu achten.

»Guten Morgen, Schönheit! Wie läuft es so in Florenz?«

Es ist Williams fröhliche Stimme, die aus dem Gerät dröhnt.

»Will, bist du von allen guten Geistern verlassen? Wie spät ist es?«, brumme ich verschlafen.

»Also in London haben wir halb neun, daher muss es in Florenz halb zehn sein.«

»Will, ich bin nicht zum Arbeiten hier«, kläre ich ihn auf, und zu spät wird mir klar, dass diese Äußerung weitere Fragen nach sich ziehen wird.

»Was? Warum nicht? Was treibst du?« Er hört sich besorgt an.

»Ich bin ja nicht alleine hier, sondern … mit meinem Chef«, gebe ich kleinlaut zu.

»Du willst mir erzählen, dass du mit Leandro Mariani in Florenz bist? Warum?«

»William, was soll das Verhör?«, will ich wissen.

»Na, weil ich gerade ein Foto von diesem Typen auf meinem Bildschirm vor mir habe, und ich kann nur hoffen, dass ihr getrennte Zimmer habt.«

Ich schnaufe aufgebracht. »Spionierst du mir nach? Natürlich haben wir getrennte Zimmer«, lüge ich und setzte mich auf die Bettkante.

»Wer ist da am Handy, cara?«, meint Leandro laut.

»War er das etwa? Was ist da bei dir los, Valery? Du hast

dich nicht gemeldet, und ich habe mir Sorgen gemacht. Vermutlich ganz umsonst. Es scheint ja wohl jemanden zu geben, der sich um dich kümmert.« Will hört sich eingeschnappt an, dabei hat er überhaupt kein Recht dazu.

»William, du bist nicht mein Vater, also hör auf, mir hinterherzuspionieren. Wir sind nicht verheiratet, es geht dich also nichts an, wo und mit wem ich meine Zeit verbringe.«

»Ich dachte, du arbeitest als Praktikantin.«

»Wir sind wegen Recherchearbeiten in Florenz.« Eine weitere Lüge, und ich balle eine Hand zur Faust. Verflucht, ich reite mich immer weiter in das Lügenkonstrukt, das später einmal bestimmt über mir zusammenbrechen wird.

»Gib mal her«, Leandro greift nach dem Handy und nimmt es mir aus der Hand.

»Wer auch immer Sie sind. Rufen Sie später wieder an, wir schlafen nämlich noch. Melden Sie sich in drei bis vier Stunden.« Dann beendet er das Gespräch.

»Oh Gott! Warum hast du das gemacht? Was, wenn mein Vater da dran gewesen wäre?«

Leandro dreht sich auf den Rücken und zieht mich in seine Arme. »Aber es war nicht dein Vater. Also, wer ist dieser Will?« Er blickt mich ernst an.

»Ist er dein Freund in London?«

»Nein«, meine ich aufgebracht, »wenn ich einen Freund hätte, hätte ich sicherlich nicht mit dir geschlafen. Ich bin nicht gebunden. William ist mein Arbeitskollege im Verlag meines Vaters und ein guter Freund der Familie. Wir kennen uns seit Kindertagen, aber wir lieben uns nicht. Er ist so etwas wie ein großer Bruder. Manchmal etwas zu groß und immer besorgt um mich.«

»Eine lange Erklärung für eine einfache Frage.« Leandro blickt mich bedenklich an.

»Heißt das, du glaubst mir nicht?«

Ich will aufstehen, um mir etwas anzuziehen, doch Leandro ist schneller, greift nach meinem Arm und begräbt mich unter sich. »Natürlich glaube ich dir. Ich merke nur, dass es mir gar nicht gefällt, wenn es in deinem Leben einen anderen Mann geben würde.«

»Es gibt viele andere Männer in meinem Leben, da ist zum Beispiel …« Weiter komme ich nicht, weil Leandro mir den Mund mit einem Kuss verschließt. Ich gebe nach und schlinge meine Arme um seinen Nacken. Erst viel später schaffen wir es, unter die Dusche zu kommen und zu frühstücken.

*

Leandro beobachtet Valery dabei, wie sie durch das Museum Galleria dell'Accademia streift. Ihre Anmut lässt sein Herz höherschlagen, doch der Anruf von diesem William am Morgen verärgert ihn immer noch. Zwar hat er sich nicht wieder gemeldet, doch will Leandro nicht, dass es einen anderen Mann außer ihm in Valerys Leben gibt, was völlig irrsinnig erscheint.

»Schau dir nur diese David-Statue an. Ist sie nicht wundervoll?«, schwärmt Valery und schmiegt sich in seine Arme.

»Ja, sie hat was. Weißt du, dass sie aus einem einzigen Block weißen Carrara-Marmors gearbeitet wurde?«

»Nein, wirklich? Diese Präzision ist einfach umwerfend. Ich kann noch nicht mal einen Apfel aus Ton formen.« Sie lacht leise auf.

»Dafür kannst du andere Dinge ganz wundervoll«, flüstert

Leandro und sieht, wie sich ihre Wangen rot färben. »Lektorieren meine ich«, schiebt er nach und lächelt. »Komm, ich will dir noch etwas anderes zeigen.« Er nimmt ihre Hand und zieht sie weiter. In der großen Halle sind die unvollendeten Werke Michelangelos aufgereiht.

»Die Figur des heiligen Matthäus ist die einzige Apostelfigur, die Michelangelo für den Dom von Florenz geschaffen hat. Leider ist sie auch unvollendet«, erklärt Leandro, während sie langsam dem Ausgang entgegenwandern. »Was möchtest du dir noch ansehen?«

»Warst du schon mal im Palazzo Vecchio?«

»Ja, aber ich sehe ihn mir gerne mit dir nochmals an.«

»Aber ich möchte auch noch die Cupola del Brunelleschi sehen. Der Dom steht schon so lange auf meiner Liste von Sehenswürdigkeiten, die ich besuchen will.«

»Dann wollen wir ihn nicht mehr warten lassen.«

Sie laufen die Via Ricasoli in südlicher Richtung hinunter und erreichen nach wenigen Minuten die Kathedrale von Florenz. In der Kirche ist es angenehm kühl. Die Ruhe, die dort vorherrscht, legt sich beruhigend auf Leandro, und sie setzen sich in eine der hölzernen Kirchenbänke, um den Eindruck des Gotteshauses auf sich wirken zu lassen.

»Ich finde es hier faszinierend. Du solltest so eine Kulisse für deinen Roman verwenden.« Valery scheint sich gar nicht sattsehen zu können.

»Findest du es nicht etwas zu … kitschig?«

»Was? Nein, auf keinen Fall.« Sie holt ihr Handy heraus und macht einige Aufnahmen. »Die können wir später gebrauchen«, erklärt sie. Ohne lange darüber nachzudenken, läuft Valery los und macht eine Menge Aufnahmen. Leandro folgt ihr und gibt Acht, dass sie in der Masse der Besucher nicht verloren geht. Zu guter Letzt schleppt sie ihn noch die vierhundertdreiundsechzig Stufen hinauf, um die Aussicht zu genießen.

»Ich habe keine Worte«, wispert Valery, als sie ihren Blick schweifen lässt. »Schau dir nur diese Stadt an, ist sie nicht einzigartig? Warum hast du den Verlag in Rom gegründet? Florenz wäre vom Standort doch näher bei deiner Familie.«

Leandro streicht eine der Locken aus ihrem Gesicht, die der Wind immer wieder dorthin weht. »Weil ich weit weg von meiner Familie leben wollte.«

»Ist es wegen Davina?«, fragt sie vorsichtig und blickt ihn geradeheraus an.

»Nein, nicht wegen Davina. Sie spielt in meinem Leben keine Rolle mehr.«

»Wegen Tamino. Ich hätte es mir denken können«, murmelt sie.

»Manchmal ist es besser, das Gewesene zu vergessen, oder besser gar nicht mehr darüber zu sprechen«, erklärt Leandro und wendet sich ab, um die Stufen wieder hinunterzusteigen.

*

Beim Abendessen, das wir im Hotel einnehmen, erklärt mir Leandro, dass wir morgen früh wieder zurück zum Gut fahren. Mir kommt er ein wenig zurückhaltend vor, vermutlich ist er böse auf mich, weil ich die Sprache auf Davina gebracht habe. Vielleicht ist sie ihm doch nicht so egal, wie er es mir gerne weismachen würde.

Als ich mich ausziehe, lege ich den Schmuck ab und will ihn Leandro zurückgeben, doch er schaut mich nur verständnislos an.

»Willst du mich beleidigen, Valery? Es ist ein Geschenk, und ich möchte, dass du es behältst.«

»Nein, Leandro. Das kann ich auf keinen Fall annehmen. Die Sachen sind viel zu teuer.«

»Man sollte nicht immer alles nach seinem materiellen Wert bemessen, cara. Komm her zu mir.«

Langsam bewege ich mich auf ihn zu. »Du bist so wundervoll. Ich möchte, dass du den Schmuck behältst und ihn jeden Tag trägst. Er soll dich jede Sekunde an mich und an unsere Zeit hier in Florenz erinnern. Wirst du das für mich tun?« Als ich bestätigend nicke, setzt er nach: »Versprich es mir.«

»Ja, Leandro, ich verspreche es dir.«

10

Florenz den Rücken zu kehren tut mir weh. Diese Stadt hat sich in mein Herz geschlichen, genau wie Leandro. Ich sitze neben ihm im Auto und lasse die Landschaft an mir vorbeiziehen.

»Was ist mit dir los?«, fragt Leandro und ergreift meine Hand, zieht sie an seinen Mund und küsst sie.

»Ich bin ein wenig wehmütig. Mir hat Florenz sehr gefallen. Aber das Leben muss weitergehen, und wir können nicht ewig dortbleiben. Mir hat dieser Ausflug unglaublich gefallen.«

»Ja, Valery. Mich hat er auch inspiriert.«

Sobald wir wieder auf dem Weingut ankommen, bringe ich mein Gepäck auf das Zimmer. Danach begebe ich mich ins Arbeitszimmer, nehme mir das Skript vor und arbeite weiter daran. Den Rest des Tages bleibt Leandro verschwunden.

Als es Zeit für das Abendessen ist, mache ich mich auf den Weg, um mich umzuziehen. Kaum habe ich die Tür meines Zimmers erreicht, spüre ich einen Körper dicht hinter mir.

»Da sind Sie ja wieder, Valery. Ich muss zugeben, ich habe Sie vermisst.«

Erschrocken drehe ich mich um. »Tamino! Sie haben mich erschreckt. Ich habe niemanden auf dem Gang gesehen.«

Er lächelt mich freundlich an, doch mein Herz schlägt in einem so schnellen Takt, dass ich mich erst einmal beruhigen muss.

»Wo haben Sie übernachtet, Sie und mein Bruder?«

Mir ist diese Frage unangenehm, und ich weiß nicht, was ich darauf antworten soll.

»Fragen Sie am besten Ihren Bruder, Tamino.«

»Valery, Sie wissen doch, dass mein Bruder nicht mit mir

spricht. Er nimmt mir immer noch übel, dass ich Davina geheiratet habe. Aber was kann ich dafür, wenn die Frauen mich ihm vorziehen.«

»So, tun sie das?«

»Sie anscheinend nicht, aber liebe Valery, Sie werden auch noch merken, dass mein Bruder niemand anderen liebt als sich selbst. Tun Sie mir einen Gefallen, verlieren Sie nicht Ihr Herz, er ist es nicht wert.« Er berührt meine Wange, und ich zucke vor der Berührung zurück. »Er wird Ihnen wehtun. Ich weiß es deshalb so genau, weil mir das Gleiche passiert ist. Es war Davina, die sich für mich entschieden hat, nicht andersherum. Doch anscheinend hat Davina ihre Meinung wieder geändert. Sie stellt ihm nach, und ich denke, Leandro wird ihr erneut verfallen.«

Er blickt mich beschwörend an.

Laute Schritte auf dem Gang lassen uns auseinanderfahren.

»Hallo Tamino. Ich suche dich.«

Davina tritt zu uns, in den Händen einige Tüten von teuer aussehenden Boutiquen.

Tamino tritt einen Schritt zurück, lässt mir etwas Raum. »Davina, da bist du ja. Wo warst du?«

»Ich war mit Leandro in San Marino. Schau, was er mir gekauft hat.«

Sie hält ihm ein Armband unter die Nase, das meinem recht ähnlich sieht. Allerdings hat es rote Steine, die wunderbar zu ihrem dunklen Teint passen. »Es sind Rubine. Du kannst dir ruhig mal ein Beispiel an deinem Bruder nehmen.« Als sie sich abwendet, streift mich ihr Blick.

»Ich habe meine Handtasche im Arbeitszimmer vergessen«, murmele ich leise und laufe ins Erdgeschoss hinunter. Nur weg, ich will nicht zwischen die Fronten geraten, und Davina gehe ich lieber aus dem Weg. Dass Leandro ihr ebenfalls ein Armband gekauft hat, schmerzt mich. Es setzt irgendwie die Wertigkeit meines Geschenks herab, auch wenn das vermutlich schwachsinnig ist. Doch warum macht er ihr so ein teures Geschenk, wenn sie angeblich keine Rolle mehr spielt?

Die Tür des Arbeitszimmers ist nur angelehnt, und ich höre laute Stimmen. Zuerst denke ich, dass Leandro telefoniert, doch dann sehe ich ihn an den Schreibtisch gelehnt stehen. Er hat beide Hände in den Hosentaschen vergraben.

»Ich liebe sie doch nicht! Wie kommst du auf so eine absurde Idee?«, meint er aufgebracht.

Ich will mich abwenden und wieder gehen, bleibe dann jedoch im Schatten des Flurs stehen.

»Sie war von Anfang an nur eine Zufallsbekanntschaft, ich weiß auch nicht, was ich mir dabei gedacht habe. Ich werde das in Ordnung bringen.«

Ich kann nicht verstehen, was sein Gegenüber sagt, geschweige denn sehen, mit wem er sich unterhält, doch ich habe genug gehört.

»Ich bin nicht verliebt in sie. Wie kommst du nur auf solch eine Idee! Wer ist sie denn? Es war nur ein kleiner Ausflug, mehr solltest du darin nicht sehen.«

Ich muss schlucken, und mir treten Tränen in die Augen. Wie konnte ich nur so dumm sein?

Ich drehe mich um, verlasse das Haus und schließe leise die Tür hinter mir. Mein Gott, wie konnte ich mir nur einbilden, dass Leandro etwas mehr in mir sehen würde als eine kleine Praktikantin? Bin ich denn von allen guten Geistern verlassen. Keine Ahnung, warum mir seine Worte so wehtun. Ich will mir einbilden, dass nichts zwischen uns ist, doch Leandro hat sich in mein Herz geschlichen. Ich bin nicht bei Trost, mir noch weiter Gedanken um einen Mann zu machen, der einer anderen Frau verfallen ist. Verdammt, ich habe mich in ihn verliebt. Jetzt wird es mir ganz klar. Es ist etwas passiert, das nicht geschehen durfte. Wie konnte ich nur so dumm sein?

Wütend über mich selbst, laufe ich in Richtung der Weinfelder, ohne zu wissen, wohin der Weg mich führt.

»Valery! Bitte, warten Sie.« Es ist Tamino, der mir hinterherläuft.

Neben seinem Bruder ist er der zweitletzte Mensch, den ich jetzt sehen will.

»Tamino, bitte lassen Sie mich in Ruhe. Ich möchte nicht in den Zwist Ihrer Familie hineingezogen werden. Ich habe zu arbeiten, das ist meine Aufgabe hier, mehr nicht.«

Meine Worte zeigen jedoch keine Wirkung. Er hält meinen Arm fest und zwingt mich praktisch, ihn anzusehen. »Valery, hey, was ist los? Warum weinen Sie?«

Er zieht mich zu sich heran, hebt mein Kinn mit einem Finger, damit ich ihn anblicke.

»Nichts ist los, ich habe ein wenig Heimweh, das ist schon alles.« Ich wische mir die Tränen aus dem Gesicht.

»Du machst alles nur noch schlimmer. Warte.«

Er duzt mich plötzlich und holt ein Taschentuch hervor, lässt die Tränenspuren auf meinem Gesicht verschwinden.

»Sie machen Ihr Taschentuch ganz dreckig.«

»Wollen wir uns nicht duzen? Bitte, es liegt mir sehr viel daran.«

Tamino umfasst meine Schultern, blickt mich an, und ich kann seinen fast schwarzen Augen nicht widerstehen. »Gut, Tamino«, meine ich und nicke leicht.

»Es ist alles nicht so schlimm, wie du denkst. Glaube mir.«

»Du hast keine Ahnung«, murmele ich und wende mich beschämt ab.

»Doch, das habe ich. Das kannst du mir glauben.« Er zieht mich an sich, und irgendwie findet sein Mund meine Lippen. Er küsst mich, ich halte nur still, gebe ihm keinen Anlass, diesen Kuss zu vertiefen. Als Tamino das bemerkt, hebt er seinen Kopf und blickt mich fragend an.

»Es tut mir leid, Tamino. Du bist ein toller Mann, aber ich bin nicht frei, und du bist es schon gar nicht.«

»Du hast einen Freund?«, fragt er überrascht, als wäre das ein Ding der Unmöglichkeit.

Einen Moment überlege ich, doch dann halte ich es für besser, ihn nicht anzulügen. »Nein, habe ich nicht, aber ich habe eine genaue Vorstellung von einem Mann.«

Er hebt seinen Blick, schaut zum Horizont und beißt sich dann auf die Unterlippe. »Gut, ich verstehe.«

»Valery! Was machst du hier? Ich suche dich überall.« Leandros Stimme lässt uns auseinanderfahren, als hätte er Tamino und mich bei etwas Verbotenem erwischt.

Tamino lässt meinen Arm los und fährt dabei über mein Armband. Er folgt meinem Blick, und dann lächelt er. »Hat er dir auch eines gekauft?«, fragt er leise. Anschließend wendet er sich ab und lässt mich einfach stehen.

»Valery! Was wollte Tamino von dir?«, fragt Leandro barsch und berührt mich an der Schulter, nimmt mich in die Arme. Dieser Körperkontakt ist mir zuwider. Ich will ihn nicht berühren, nicht nachdem, was ich gehört habe, auch wenn es nicht für meine Ohren bestimmt war.

»Nichts, was dich anginge.« Damit wende auch ich mich ab und laufe mit schnellen Schritten zum Haus.

*

Beim Abendessen haben wir einen neuen Gast, den ich gut kenne: Chiara Monti.

»Oh, wie ich sehe, haben Sie Leandro noch nicht umgebracht, Valery, das lässt hoffen«, erklärt Chiara gut gelaunt und häuft sich Salat auf ihren Teller, bevor sie die Schüssel an Vincenzo weiterreicht.

»Was nicht ist, kann ja noch werden«, meint Tamino und zwinkert ihr zu.

Ich fühle mich neben Leandro ein wenig unwohl. Ich möchte nicht mehr hier sein. Vielleicht sollte ich das Praktikum abbrechen. Oder die Arbeit an dem Buch beenden und nach Rom zurückkehren. Wenn ich das Praktikum abbreche, würde ich damit allerdings nur meinem Vater in die Hände spielen. Das möchte ich unter allen Umständen vermeiden.

»Nicht wahr, Valery?«

Ups!

Chiara blickt mich fragend an. Mist, ich habe ihre Frage überhört und weiß nicht, was ich antworten soll.

»Ja, Valery war ganz verzückt von Florenz. Wir können uns vorstellen, bald erneut dort ein paar Tage zu verbringen. Nicht wahr?« Leandro nimmt meine Hand und küsst sie. Er blickt mir tief in die Augen, und ich zwinge mich zu einem Lächeln.

»Was ist los?«, flüstert er mir zu, und als ich nicht antworte, beugt er sich vor und küsst mich vor aller Augen.

Gott! Ich will das nicht!

Es ist nur ein kurzer, schneller Kuss, doch lang genug, dass alle am Tisch es mitbekommen.

Chiara blickt mich sprachlos an, dann lächelt sie, und meine Wangen werden ganz heiß. Na klasse, jetzt werde ich auch noch rot.

»Ihr wart also zusammen in Florenz?«, fragt Chiara überrascht.

Da Leandro nicht antwortet, muss ich das wohl übernehmen. »Ja, wir haben dort ein wenig recherchiert, für den Roman. Im Übrigen hätten Sie mir ruhig sagen können, wer hinter dem Pseudonym Mattia Conti steckt.«

Sie lächelt verschmitzt. »Dann hätte ich doch die ganze schöne Überraschung verdorben. Hübsches Armband.« Chiara blickt auf mein Handgelenk und dann auf die Kette an meinem Hals.

»Ja, ein Geschenk von Leandro«, gebe ich zu.

»Die Smaragde passen gut zu Ihrem Haar.«

»Danke.« Ich mache mich über das Essen her, um endlich die Aufmerksamkeit von mir abzulenken.

»Sie passen nicht nur zu deinem Haar, sondern auch zu deinen wunderschönen Augen«, flüstert Leandro mir ins Ohr und legt eine Hand auf meinen Oberschenkel. Seine Finger bohren sich regelrecht in meine Haut, und ich presse die Knie zusammen.

»Dann bleibst du also zum Fest am Samstag?«, fragt Tamino an Chiara gewandt.

»Darum bin ich hier. Ich werde mir doch das Fest des Jahres nicht entgehen lassen. Auch wenn Leandro es dieses Jahr versäumt hat, mich einzuladen.« Sie blickt ihn provozierend an.

»Du brauchst doch keine Einladung, du kommst eh jedes Jahr und gehörst zur Familie«, erklärt Leandro und trinkt einen Schluck Wein. »Bist du fertig?«, fragt er mich und erhebt sich, zieht mich regelrecht von meinem Stuhl.

»Ja, natürlich.« Ich blicke entschuldigend in die Runde.

»Valery und ich haben noch zu arbeiten«, erklärt er, und ich nicke Vincenzo bedauernd zu.

Davina schnaubt verächtlich, der einzige Laut, den sie an diesem Abend von sich gibt.

11

Etwas hat sich verändert, und Leandro kann sich nicht erklären, was es ist. Ohne ihre Hand loszulassen, zieht er Valery in den oberen Stock, bis er die Tür zu seinem Schlafzimmer hinter sich schließt.

»Ich dachte, du wolltest noch arbeiten.«

»Das werden wir auch, aber vorher werden wir klären, was dir auf der Seele liegt.«

Valery verschränkt die Arme vor der Brust. »Ich glaube nicht, dass dich das etwas angeht. Lass uns bitte hinunter ins Arbeitszimmer gehen, damit wir mit dem Roman vorankommen.«

»Warum?« Leandro lehnt sich mit den Rücken gegen die Tür.

»Warum? Ganz einfach, je eher wir mit dem Roman fertig werden, umso schneller kann ich wieder nach Rom reisen.«

»Warum willst du weg?« Leandro kann es sich nicht erklären. Er löst sich endlich von der Tür und zieht seine Jacke aus, krempelt die Ärmel des schwarzen Hemdes auf. »Sag es mir, Valery! Warum willst du plötzlich so schnell weg? Hat dir unsere kleine Reise nicht gefallen?«

»Natürlich hat sie mir gefallen, und du weißt es. Ich liebe Florenz, seit ich einen Fuß in diese Stadt mit dir gesetzt habe, und es hat mir auch eine Menge bedeutet. Doch ich denke, für mich hat es wesentlich mehr Gewicht als für dich.«

Er geht langsam auf sie zu, drängt Valery immer weiter in den Raum. Sein Schlafzimmer ist geräumig, modern eingerichtet, mit einem großen Bett, das mit grauer Satinbettwäsche bezogen ist. Die Läden vor dem Fenster sind noch geöffnet, sodass das dämmrige Licht ins Zimmer fällt. Es gibt zwei

Kommoden, keinen Schrank, dafür ein Ankleidezimmer und eine Tür, die ins Bad führt.

»Leandro, um es kurz zu machen. Ich habe dich heute gehört. Es geschah unbeabsichtigt, ich wollte nicht lauschen, doch was du gesagt hast, hat mir die Augen geöffnet. Ich habe keine Ahnung, was für ein Spielchen du mit mir spielst, nur möchte ich nicht weiter mitspielen. Du solltest deine Karten auf den Tisch legen. Ich gebe mich geschlagen, mein Blatt ist nicht so gut wie deines.« Leandro hat keinen blassen Schimmer, wovon Valery spricht. »Was hast du gehört?«, will er wissen.

»Leandro! Müssen wir es uns so schwer machen? Du hast mich benutzt, um Davinas Eifersucht zu schüren, und du scheinst dein Ziel erreicht zu haben. Ich denke, wir können aufhören, so zu tun, als würde dir etwas an mir liegen. Ich bin weder sauer noch beleidigt. Ein wenig kann ich dich sogar verstehen. Sie ist eine wunderschöne Frau. Sie gehört zu denen, die immer bekommen, was sie wollen. Zuerst will sie dich, dann Tamino, jetzt wieder dich. Okay, wenn ihr Männer das mit euch machen lasst, ist das eure Sache, nur lass mich da heraus.«

Er blickt sie verständnislos an, und für einen Moment scheint sie einlenken zu wollen, doch dann wird sie wütend. »Weißt du, niemand wird gerne benutzt. Ich halte es für das Beste, wenn ich abreise. Mein Vater wird seine wahre Freude daran haben, wenn ich mal wieder an einer Aufgabe scheitere, aber das ist mir im Moment völlig egal. Ich bin ein Mensch und habe auch Gefühle. Daran solltest du denken, wenn du wieder einmal deine Spielchen mit einer Frau treiben willst.«

Valery will an ihm vorbei zur Tür, doch er ist schneller, hält sie auf. »Warte! So lasse ich dich nicht gehen. Sag mir, was du gehört hast.«

Sie seufzt genervt. »Na gut. Wenn du es unbedingt aus meinem Mund hören willst. Heute Nachmittag, nachdem du mit Davina von deiner *Shoppingtour* wiedergekehrt bist, habe ich gehört, was du im Arbeitszimmer gesagt hast. Es sind Sätze gefallen wie: *Ich liebe sie doch nicht! Wie kommst du auf so eine absurde Idee? Sie war von Anfang an nur eine Zufallsbekanntschaft, ich weiß auch nicht, was ich mir dabei gedacht habe. Ich werde das in Ordnung bringen.* Ich werde es dir ganz leicht machen, Leandro. Ich gehe freiwillig, du wirst mich ganz schnell wieder los, denn mehr als ein Gelegenheitsfick war ich ohnehin nicht für dich.«

Endlich versteht er, woher der Wind weht, der ihm gerade stürmisch ins Gesicht bläst. »Valery, das ist doch absurd. Du denkst so etwas von mir? Hast du denn gar nicht gemerkt, was du mir bedeutest?« Er presst sie an seinen Körper.

»Nein, das weiß ich nicht, denn du sagst ja nie etwas. Zumindest nicht zu mir, aber ich habe gute Ohren. Ich bin nicht so eine Frau, die sich einem Mann aufdrängt. Ganz anders als Davina eben. Bitte, lass mich los, damit ich gehen kann.«

»Du wirst nirgendwohin gehen.« Jetzt wird Leandro wütend. Wie konnte sie nur so an ihm zweifeln. »Zieh dich aus«, befiehlt er.

Valerys Kehle entschlüpft ein irres Lachen. »Das ist nicht dein Ernst. Du willst jetzt mit mir schlafen? Bist du wahnsinnig?« Ungläubig schüttelt sie den Kopf. »Du bist noch verrückter, als ich zu Anfang dachte.«

»Cara mia! Ich habe doch nicht von dir gesprochen. Was auch immer du aus den Worten, die ich mit Chiara gewechselt habe, herausgehört hast, es war nicht die Rede von dir.«

»So? Na von wem hast du denn dann gesprochen? Du scheinst ja mit vielen Menschen zu sprechen, außer mit mir.«

Valery ist viel zu wütend, als dass er sie mit seinen Worten besänftigen kann, das wird Leandro in diesem Moment klar.

»Das geht dich eigentlich überhaupt nichts an, aber ich werde es dir verraten. Ich habe von Davina gesprochen. Sie war nur eine Gelegenheitsbekanntschaft, und als ihr gewahr wurde, wie viel Geld unsere Familie besitzt, wurde ich sie nicht wieder los. Und ja, es hat mein Ego gekränkt, als sie die Verlobung gelöst hat, um sich Tamino zuzuwenden. Ich sehe, dass du mir nicht glaubst, aber ich werde dir beweisen, dass ich nicht von dir gesprochen habe.« Er zieht sie fest in seine Arme und küsst sie gierig.

Valery wehrt sich, doch gegen Leandro hat sie keine Chance. Er hält ihre Arme mit nur einer Hand auf ihrem Rücken fest und zerrt die Bluse aus ihrer Jeans, zieht sie ihr samt dem BH aus. Und als Valery nicht nachgibt, schiebt er sie Richtung Kommode, zieht eine Schublade auf und holt ein Paar Handschellen heraus.

»Du wirst es nicht wagen«, faucht Valery, doch es ist bereits zu spät. Eine Schelle baumelt schon an ihrem Handgelenk. Leandro hebt sie hoch, trägt sie zum Bett und macht die andere Handschelle fest. »Das fasse ich jetzt nicht!«, ruft sie aufgebracht.

»Doch, glaub es ruhig. Ich werde das hier nicht so stehen lassen. Ich werde dir beweisen, dass du mir mehr bedeutest als alle Frauen, die ich in den letzten Jahren seit meiner aufgelösten Verlobung kennengelernt habe. Und es wird dir eine Menge Spaß machen«, knurrt Leandro an ihrem Ohr und küsst sie gierig.

*

Dass ich nicht lache. Die Show, die Leandro hier abzieht, ist ganz großes Kino, nur dass ich überhaupt keine Lust habe mitzuspielen.

»Verdammt noch mal, lass mich los!«, rufe ich laut, doch Leandro lacht nur.

»Du kannst so laut schreien, wie du willst. Das Haus hat dicke Mauern, niemand wird dich hören.«

Er kniet über mir, beugt sich vor und widmet sich meinen Brüsten. Kleine Bisse hinterlassen rote Abdrücke auf meiner Haut, und ich winde mich, will ihm entkommen, doch das ist nicht so einfach, wenn ein Arm mit Handschellen fixiert ist.

»Du schmeckst so wundervoll, gioia mia. Sag mir, dass es dir gefällt«, fordert er mich auf.

»Du kannst mich mal.« Ich strampele mit den Beinen, doch er rührt sich nicht von der Stelle, sondern leckt weiter über meine Nippel.

»Dann sag mir, dass ich aufhören soll.« Er stemmt seine Fäuste rechts und links neben meinem Kopf in die Kissen und beugt sich vor. »Los, sag mir, dass ich aufhören soll, dann werde ich dich gehen lassen und nie wieder belästigen.«

Sein Gesicht ist meinem so nah. Sein Blick bohrt sich förmlich in meinen, und ich kann diesen Augen nicht ausweichen.

»Sag es, bella mia. Sag, dass du mich willst«, flüstert er leise, ganz nah an meinen Lippen, sodass ich die Bewegung praktisch spüre.

»Ja.« Es ist nur ein Hauch, meine Stimme kaum wahrnehmbar und doch so klar.

»Ja? Was?«

»Ja, ich will dich.« Ich schließe demütig die Augen.

»Laut und deutlich. Sag es laut, dass du mich willst.«

»Verflucht, Leandro! Ja, ich will dich. Bitte nimm mich jetzt sofort. Sonst sterbe ich.«

Ich zerre an meiner Fessel, doch er schüttelt den Kopf. »Glaube nicht, dass diese Worte für dich die Freiheit bedeuten. Aber sie besagen, dass ich dich jetzt lieben werde, so wie du es verdienst.«

Er zieht sein Hemd aus, wirft es achtlos zu Boden, dann ist meine Jeans dran. Er zerrt sie mir von den Füßen, der String hat leider nicht so viel Glück. Der dünne Stoff reißt an der Naht und stirbt einen schnellen Tod.

»Oh, tut mir leid. Ich werde ihn dir bei passender Gelegenheit ersetzen.«

Ich liege nackt vor ihm, und doch kenne ich keine Scham. Ich spreize meine Beine, lade ihn geradezu ein.

»Nicht so ungeduldig, mein Liebling.« Er muss erst noch seine restliche Kleidung ablegen, dann ist er wieder bei mir und winkelt ein Bein an. Sein Kopf verschwindet zwischen meinen Beinen, und ich spüre seine Zunge an der Schamlinie. »Hm, ich liebe deine salzige Haut, den Duft den du verströmst, wenn du erregt bist.« Immer weiter leckt er mich, saugt an der Klit, beißt spielerisch hinein.

Laut schnappe ich nach Luft, stoße ein reizvolles Stöhnen aus.

»Es gefällt dir, nicht wahr?«

»Ja, und das weißt du«, erwidere ich genervt. »Mach mich frei, ich will dich berühren«, bettele ich.

»Nein, noch nicht. Halt noch ein wenig aus. Erst wirst du für mich kommen, meine Schöne.«

Oh Gott! Ich weiß, was das bedeutet. Mein Herz beginnt schneller zu schlagen, und meine Atmung ist unkontrolliert.

Mit einer Hand fasse ich in sein kurzes lockiges Haar, um

Halt zu finden. Ich habe das Gefühl, ins Bodenlose zu stürzen, und nur Leandro kann mich vor dem tiefen Fall bewahren.

Seine Zungenschläge werden härter, und ich spüre sie tiefer in mir.

»Ja, mehr!«, fordere ich ihn auf, drücke mich dichter an ihn heran.

»Himmel! Ja!«, als Leandro meine Lippen mit den Fingern teilt, komme ich in zuckenden Schüben.

»Porco Dio! Ich liebe es dir zuzusehen, wenn du kommst. Es ist ein Ausdruck, den ich nie wieder vergessen will.« Er küsst mich, und mein Herz schlägt immer noch unregelmäßig.

»Du hast dir deine Freiheit redlich verdient.« Leandro holt einen Schlüssel aus der Schublade und löst die Handschellen, küsst mein Handgelenk, auf dem rote Striemen, zu sehen sind.

»Ich werde es wiedergutmachen«, flüstert er und massiert meine Hand vorsichtig.

Ich bin kaum in der Lage, mich zu rühren, die Nachbeben des Orgasmus haben mich immer noch im Griff, und ich versuche, kontrolliert zu atmen, doch richtig gelingen will es mir nicht.

»Ich liebe es, wenn du diese italienischen Flüche ausstößt«, murmele ich und küsse Leandro. Schnell wird aus diesem Kuss mehr, und ich bin nicht in der Lage, ihm Einhalt zu gebieten, sondern fordere ihn geradezu heraus.

Meine Hand greift nach seinem Schaft, reibt ihn. Es ist mir ein drängendes Bedürfnis, ihm Wonne zu schenken. Die Berührung seiner Haut überflutet meine Sinne. Er antwortet mit gleicher Heftigkeit, nimmt meinen Mund in Besitz und küsst mich aufreizend. Wir liegen aneinandergeschmiegt, drängen unsere Körper einander entgegen. Ich beuge mich hinunter, nehme ihn in den Mund, und ein salziger Geschmack lässt

Feuerwerke vor meinem geistigen Auge explodieren. Schwer pulsiert er in meinem Mund, ich höre ihn zittrig atmen. Seine Selbstbeherrschung scheint an einem seidenen Faden zu hängen, ich höre ein dunkles Grollen in seinem Brustkorb toben.

»Oh, Valery. Du machst mich verrückt«, keucht er und dirigiert meinen Kopf vor und zurück.

Das ist genau das, was ich will, ich necke seine Spitze mit der Zunge, als er sich zischend aus mir herauszieht.

»Dreh dich«, befiehlt er und übernimmt wieder die Führung. Seine angespannte Miene nähert sich meiner Schulter, beißt sachte hinein. »Du sollst mein Mal tragen, denn du bist mein«, raunt er mir zu und dringt gleichzeitig in mich ein.

Mein Kitzler pocht zum wahnsinnig werden, und meine inneren Wände ziehen sich krampfartig zusammen. Ein Wimmern huscht über meine Lippen, weil seine pralle Erregung mich gänzlich ausfüllt. Der Höhepunkt rückt immer näher, und ich kann die Magie spüren, die uns in einen geheimen Kokon einhüllt und der Welt entrückt, uns in Sphären katapultiert, in der nur Leandro und ich existieren.

12

Schon am frühen Morgen beginnen die Arbeiten für das Weinfest am Samstag. Der Lärm weckt mich. Ich liege in Leandros Armen, will einfach nicht die Augen öffnen. Der warme Körper neben mir zaubert mir ein Lächeln ins Gesicht.

»Gott, wären wir doch nur in Florenz geblieben«, murmelt Leandro leise an meinem Ohr. »Bei diesem Krach kann doch niemand schlafen.«

»Wir sollten aufstehen und an deinem Buch arbeiten«, gebe ich zu bedenken.

»Ich will nicht. Ich will lieber mit dir den ganzen Tag in diesem Bett verbringen.« Er streichelt zärtlich meine Brust.

Energisch winde ich mich aus seiner Umarmung. »Nein, wir müssen heute arbeiten.«

Doch er lacht nur und zieht mich an sich, sodass ich auf seinem nackten Körper lande.

Es klopft an der Tür, und bevor ich mich losmachen kann, wird sie geöffnet.

»Tamino! Was kann ich für dich tun?«, fragt Leandro laut.

Ich ziehe schnell die Bettdecke über unsere Körper und will mich losmachen, doch Leandro gibt nicht nach, hält mich fest umklammert.

»Wir warten mit dem Frühstück auf euch.« Sein Ton klingt ein wenig genervt.

Leandro streichelt mir zärtlich über den Rücken und rekelt sich genussvoll. »Fangt ruhig schon mal ohne uns an. Wir sind beschäftigt.« Sein arroganter Ton geht mir gewaltig gegen den Strich.

Tamino wirft mir einen Blick zu, den ich nicht ganz deuten kann, doch ich habe den leisen Verdacht, dass Leandro ihn herausfordert, als wolle er ihn mit mir eifersüchtig machen, was absurd erscheint.

»Gut, wie du meinst.« Damit verlässt er das Zimmer und schließt hinter sich die Tür.

»War das notwendig?« Ich blicke Leandro fragend an und bin wirklich wütend.

»Was meinst du?«

»Du hast die Frechheit, den Ahnungslosen zu spielen. Ich fasse es nicht.«

Ohne ein weiteres Wort steige ich aus dem Bett und gehe ins Bad, bis mir auffällt, dass es gar nicht mein Zimmer ist. Egal! Ich steige trotzdem unter die Dusche, beeile mich, damit ich am Frühstück teilnehmen kann.

Ich fahre erschrocken zusammen, als sich die Tür der Duschkabine öffnet.

»Du willst doch wohl nicht ohne mich duschen.«

Leandros schmeichelnde Stimme kann jetzt gar nichts bewirken. Ohne auf ihn zu achten, wasche ich meine Haare.

»Valery, hör mir zu.« Er dreht mich an der Schulter zu sich herum und blickt mich ernst an. »Du kennst meinen Bruder nicht. Er wird versuchen, dich mir wegzunehmen. So war es immer, und es wird sich auch nicht ändern.«

»Leandro! Dein Bruder ist verheiratet, warum sollte er etwas mit mir anfangen wollen?«

»Weil du mir gehörst! Er will alles haben, was mir gehört!«, brüllt er los.

»Das ist doch Schwachsinn. Menschen ändern sich, und immerhin hat er jetzt eine Frau«, entgegne ich.

»Ja, eine, die ihn ständig betrügt und verlassen will.«

Die Äußerung lässt mich in der Bewegung innehalten.

»Bitte, Valery, du musst mir glauben. Tamino war schon

immer so. Er wollte alles haben, was ich hatte. Er hat mir Davina genommen, und nun wird er sich an dich heranmachen, schon allein deshalb, weil ich dich so sehr begehre.« Er blickt mich verzweifelt an.

»Ist das so?«, frage ich sanft. »Begehrst du mich?«

»Ist das denn nicht offensichtlich? Du weißt, dass es so ist. Ich habe dich hierhergebracht, weil … ich weiß auch nicht. Vermutlich, weil ich dich für mich allein haben wollte. Doch ich habe meine Rechnung ohne Tamino gemacht. Es ist, als würde sich alles wiederholen. Mein Leben läuft in einer Endlosschleife ab.«

Leandro lässt den Kopf hängen, und ich lege meine Arme um seinen Nacken. »Du vergisst eines. Ich habe einen eigenen Willen. Ich mache mir nichts aus Tamino. Der Mann, den ich will, steht hier vor mir. Nur du allein, Leandro. Ich will nur dich.«

Ich kann nichts dagegen tun, in diesem Augenblick verliebe ich mich endgültig in den Mann, der mir jetzt so zutiefst verunsichert gegenübersteht.

*

Als wir endlich zum Frühstück erscheinen, sind fast alle bereits fertig. Nur Vincenzo trinkt noch in aller Ruhe einen Espresso.

»Guten Morgen, Papa.« Leandro küsst seinen Vater auf beide Wangen.

»Guten Morgen, ihr beiden. Ihr habt euch ja eine Menge Zeit gelassen.«

»Guten Morgen, Vincenzo«, grüße ich ihn und schütte eine

Tasse Kaffee ein, reiche sie an Leandro weiter. Die zweite ist für mich.

»Valery, meine Schöne. Ich habe hier etwas für Sie.« Er reicht mir einen kleinen Umschlag, den ich neugierig öffne. Er enthält die Bilder, die Vincenzo von mir geschossen hat.

»Sie sind grandios geworden, finden Sie nicht auch?«, fragt er neugierig.

Die Fotos sind ausgesprochen gut. Die nebeligen Felder, als gerade die Sonne aufgeht, und mein Profil im Vordergrund – absolut beeindruckend, auch wenn ich damit nur von der Landschaft spreche.

»Zeig mal her«, fordert Leandro, doch ich geniere mich. »Na los, komm schon. Ich weiß, dass Papa ein guter Fotograf ist.«

Letztendlich reiche ich ihm doch die Bilder, und er schaut sie sich in Ruhe an, während ich für uns das Frühstück zubereite. Ich stelle Leandro sein Müsli mit Milch und Honig hin, belege ein Brötchen mit Käse ohne Butter.

»Diese Frau weiß genau, wie du dein Frühstück magst. Du solltest sie heiraten, Leandro.«

Ich muss laut lachen.

»Versuchst du dich als Heiratsvermittler, Papa? Dann bist du nicht sonderlich subtil.« Leandro grinst breit und legt einen Arm um meine Schultern.

»Ich habe nicht vor zu heiraten«, erkläre ich willensstark und trinke einen Schluck des heißen Kaffees.

»Warum nicht? Sie sind eine Frau. Jede Frau möchte gerne heiraten und Kinder bekommen«, erklärt Vincenzo, als gäbe es gar keine andere Möglichkeit.

»Papa! Wir leben im einundzwanzigsten Jahrhundert. Frauen müssen nicht mehr heiraten, um zu überleben. Selbst in

Artimino nicht. Valery ist eine erstklassige Lektorin, es wäre eine Schande, wenn ich sie als Mitarbeiterin verlieren würde.«

»Du vergisst, dass ich nur ein halbes Jahr für dich arbeite, dann muss ich zurück nach London.«

Leandro nickt und beißt in sein Brötchen. »Nichts ist in Stein gemeißelt. Noch bist du hier.« Sein Blick sagt mir, dass darüber noch nicht das letzte Wort gesprochen ist.

Ich bedanke mich bei Vincenzo für die Bilder und stecke sie in die Handtasche, dann genieße ich weiter mein Frühstück.

*

»Tomaso lernt eine junge Frau kennen, er verliebt sich und verliert diese Frau an seinen Bruder. Wie soll die Story denn enden?«, fragt Valery tief gebeugt über dem Laptop.

»Ich weiß es nicht. Ich habe keine Ahnung, wie die Geschichte enden wird«, murmelt Leandro.

»Aber du musst doch eine Idee haben, wie dein Roman endet.« Sie blickt ihn verständnislos an.

»Ich bin mir noch nicht sicher. Das Ende bleibt erst einmal offen.«

»Gut, dann sollten wir an der Figur von Tomaso arbeiten. Ich verstehe ja, dass er tonangebend ist«, sie wirft ihm einen wissenden Blick zu und lächelt, »doch er sollte auch ein wenig Herz zeigen. Findest du nicht auch?«

Ein Klopfen an der Tür unterbricht sie.

»Klopf, klopf! Störe ich euch?« Chiara steckt ihren Kopf zur Tür herein und betritt dann das Arbeitszimmer. »Wie kommt ihr mit dem Buch voran?«

»Gut«, erwidert Valery.

»Langsam«, ist von Leandro zu vernehmen.

Chiara grinst. »Ich höre schon, ihr versteht euch ausgezeichnet. Eigentlich bin ich hier, um dir Valery für ein paar Stunden zu entführen. Ich muss nach San Marino, um mir ein Kleid für morgen zu kaufen, und brauche eine weibliche Beraterin.«

»Muss das heute sein?« Leandro ist gar nicht begeistert. Eigentlich hatte er vor, Valery San Marino zu zeigen.

»Sei nicht so streng. Wir können uns dort zum Mittagessen treffen. Einverstanden?«

Leandro weiß nicht, warum Chiara immer wieder weiß, wie sie ihn um den Finger wickeln kann. »Bei Falco?«, fragt er und gibt somit nach.

»Ja, gerne. Sagen wir um vierzehn Uhr? Und vergiss nicht, Tamino mitzubringen.«

Leise flucht Leandro, sagt aber nichts dazu. Er küsst Valery zum Abschied, als würde er sie nie wiedersehen, was ihm erneut ein Lächeln von Chiara einbringt.

13

Chiara entpuppt sich als ausgezeichnete Begleitung für eine Shoppingtour. Sie schleppt mich von einem Laden in den nächsten und weiß genau, wonach sie sucht. Ein Kleid ist schnell gefunden, sie entscheidet sich für klassisches Schwarz. Ein Cocktailkleid mit einem tiefen Rückenausschritt. Es bringt ihre glatten blonden Haare gut zur Geltung. Die Schuhe zu finden ist da schon schwieriger. Nach gefühlten fünfzig Anproben fällt ihre Wahl auf High Heels, die geschnürt werden. Sehr gewagt, aber äußerst sexy.

»Wir wollen doch den Männern den Kopf verdrehen«, meint sie und grinst.

Der Verkäufer reicht ihr dankbar die Tüte und ist vermutlich froh, dass wir endlich den Laden verlassen. Wir sind schneller fertig als ursprünglich gedacht und laufen gemütlich zur Pizzeria, in der wir uns mit den Männern treffen wollen. Das *Nido del Falco* liegt auf einer Anhöhe und bietet auf der Terrasse einen wundervollen Ausblick über die Stadt. Wir ergattern einen Platz unter einem Baum, wo es angenehm kühl ist, weil er uns gut vor der Sonne schützt.

Nachdem der Kellner uns mit Getränken versorgt hat, streckt Chiara ihre Beine aus. »Also erzähl mir, was läuft da zwischen dir und Leandro.«

Wir sind mittlerweile zum Du übergegangen, und ich verschlucke mich bei dieser Frage an meinem Wein. »Das wüsste ich auch gerne«, gebe ich zur Antwort.

»Er mag dich, ausgesprochen sogar«, urteilt Chiara und strahlt mich an.

»Warum lächelst du so?«, will ich wissen.

»Weil du die erste Frau bist, für die sich Leandro nach der Auflösung seiner Verlobung interessiert.«

Ich kann es kaum glauben. »Das ist doch schon so lange her. Er wird doch seither eine Freundin gehabt haben.«

Chiara schüttelt den Kopf. »Nein. Er hat sich zurückgezogen und ist fast zum Eigenbrötler geworden. Du hast ja am eigenen Leib erfahren, wie er mit Frauen umgeht, die er nicht kennt.«

Wenn ich an unseren ersten Tag denke, muss ich lachen. »Ja, besonders freundlich war er nicht.«

»Es hat ihn tief getroffen, dass Davina ihn einfach so abserviert hat. Sie ist eine Schlange. Weißt du, dass sie auch Tamino betrügt?«

Ihre Augen leuchten auf eine ganz besondere Weise, als sie den Namen von Leandros Bruder erwähnt.

»Kennst du beide schon seit deiner Kindheit?«

»Natürlich. Ich bin mit ihnen aufgewachsen. Nur hat Tamino in mir immer nur die Schwester gesehen.« Sie seufzt leise.

»Du magst ihn? Weiß er es?«

Sie nimmt einen Schluck aus ihrem Weinglas und verdreht die Augen. »Wenn ja, lässt es ihn zumindest kalt. Ich habe ihn mir aus dem Kopf geschlagen. Immerhin ist er verheiratet. Ich bin nicht wie du. Kommst einfach daher und lässt dir nichts gefallen, wickelst Leandro um deinen Finger.«

»Was? Du bist hier doch die schöne Frau mit viel Selbstbewusstsein.«

»Ja, aber nicht, wenn es um Tamino geht. Ich habe einfach Angst, dass ich alles kaputtmache. Also komme ich ab und an vorbei, erhasche einen Blick auf ihn und fahre dann wieder glücklich nach Rom. Bis ich es dort nicht mehr aushalte und Gründe erfinde, um Tamino zu sehen.«

Ich kann mir gar nicht vorstellen, dass diese wunderschöne, weltgewandte Frau sich damit zufriedengibt. Ich schüttele den Kopf. »Chiara, das kann doch nicht alles sein, was du von deinem Leben erwartest. Es hält so viele Überraschungen parat. Manchmal muss man das Glück auch beim Schopf packen.«

Sie lächelt milde. »Ich weiß. Mir fehlt der Mumm für den entscheidenden Schritt. Vielleicht warte ich auch nur auf einen Fingerzeig von Tamino. Ich bin zwei Jahre älter als er, werde nie diesen Makel der *großen Schwester* hinter mir lassen, dabei sollten sich die Dinge doch mittlerweile geändert haben, mit vierunddreißig, findest du nicht?«

»Meinst du, er liebt seine Frau?«, will ich von Chiara wissen. Er ist so freundlich und aufgeschlossen, ganz das Gegenteil von Davina.

»Ich habe keine Ahnung, darüber sprechen wir nicht. Davina ist seit der Aktion mit Leandro ohnehin ein rotes Tuch für mich. Sie ist kein guter Mensch.«

»Das habe ich doch schon gehört«, fällt mir auf.

»Was hast du gehört?«

Erschrocken fahre ich zusammen, als ich Leandros Stimme erkenne. Ich habe gar nicht bemerkt, dass die Mariani-Brüder zu uns an den Tisch getreten sind.

»Bella!« Tamino beugt sich herunter und küsst Chiara auf beide Wangen, dann macht er das Gleiche mit mir. Die beiden Männer sehen sich so ähnlich und könnten doch unterschiedlicher nicht sein. Beide sind ungemein gut aussehend mit ihren dunklen Haaren, ihrer stattlichen Größe und den attraktiven Körpern. Sie tragen beide Sonnenbrillen und sind nicht rasiert, trotzdem schlägt mein Herz nur beim Anblick von Leandro wie verrückt.

Als er sich neben mich setzt, küsst er mich auf die Lippen.

»Ich habe dich vermisst«, murmelt er und streichelt meine Wange.

»Wenn das Liebespaar dann auch so weit wäre, können wir endlich bestellen.« Chiara zwinkert mir zu, als ich sie erbost anschaue.

Leandro lässt es ganz kalt und greift zu der Karte, um sich etwas auszusuchen.

Nachdem wir alle bestellt haben, wage ich einen Vorstoß. »Wo hast du deine Frau gelassen?«, wende ich mich an Tamino.

»Davina? Sie hatte keine Lust mitzukommen. Sie war ja gerade erst mit Leandro einkaufen.«

»Du warst mit Davina hier einkaufen?«, fragt Chiara und wirft Leandro einen bösen Blick zu. Schon tut es mir leid, dass ich das Gespräch überhaupt auf Davina gebracht habe.

»Ja«, gibt er zu, »sie hat mich drum gebeten.«

»Habt ihr etwas Schönes gefunden?«, bringt Tamino das Gespräch in eine andere Richtung. Ihm scheint es wohl unangenehm zu sein, wenn wir über seine Frau sprechen.

»Ich habe ein wundervolles Kleid gefunden und die passenden Schuhe«, schwärmt Chiara.

»Lass mal sehen«, Tamino greift nach den Tüten und will hineinsehen, doch Chiara zerrt daran und entreißt ihm die Einkaufstaschen wieder. »Auf keinen Fall. Du wirst das Kleid erst morgen sehen. Es ist noch geheim.«

»Hast du dir auch ein neues Kleid gekauft?«, fragt mich Leandro, doch ich schüttele den Kopf. »Ich werde das grüne Kleid tragen, das ich in der Oper anhatte.«

»Ihr wart in der Oper?« Chiara ist überrascht. »Ich dachte immer, du hasst die Oper.«

Leandro hebt eine Augenbraue und sieht ertappt aus. »Ich habe meine Meinung geändert. Mittlerweile finde ich die Oper unglaublich inspirierend.« Er blickt mir tief in die Augen, sodass für alle klar sein muss, dass etwas passiert ist. Ich sehe Chiaras Fantasie geradezu aufleuchten.

Verlegen räuspere ich mich. »Ja, die Vorstellung war wirklich wundervoll«, versuche ich, alle Gedanken zu zerstreuen, doch mein Bemühen misslingt gewaltig, wenn ich mir Taminos Grinsen so ansehe.

»Wir können ja mal zu viert hingehen«, schlägt Tamino vor. »Davina hasst alles, was mit Klassik zu tun hat. Ich würde mich freuen.« Er blickt Chiara fragend an, woraufhin sie ihm ein Lächeln schenkt.

»Also abgemacht. Ich werde uns Karten besorgen«, erklärt Leandro.

»Du willst dir *La Bohème* noch einmal ansehen?«, frage ich überrascht.

»Ja, ich war beim letzten Mal ziemlich abgelenkt.«

14

Bereits am Samstagmorgen sind alle aufgeregt und fiebern dem Weinfest am Abend entgegen. Ich würde gerne helfen, doch Leandro besteht darauf, dass wir an dem Manuskript arbeiten.

»Schau dir bitte die ersten zehn Seiten an, ich habe sie gestern Abend noch umgeschrieben und möchte wissen, was du davon hältst.«

Ich bin überrascht. »Wann schläfst du eigentlich?«, frage ich ihn, doch er antwortet mir nicht, ist schon wieder in seine Arbeit vertieft.

Ich schaue mir die Änderungen an und bin begeistert. »Wow! Das hört sich nach einem völlig neuen Buch an. Du hast der Figur des Tomaso richtiges Leben eingehaucht. Er ist viel menschlicher. Es gefällt mir ausgesprochen gut.«

»Vielleicht liegt es ja daran, dass *ich* menschlicher geworden bin. Und du bist dafür verantwortlich.«

Leandro erhebt sich und kommt langsam auf mich zu, legt seine Hände auf meine Schultern, knetet sie sanft. »Ich möchte dir für deine Hilfe danken, Valery.«

»Oh je. Das hört sich jetzt irgendwie nicht gut an«, murmele ich leise.

»Wie kommst du darauf? Nein, natürlich nicht.«

»Nun, nach dem, was ich letztens gehört habe, *ich werde es in Ordnung bringen.* Ist es das, was du jetzt versuchst? Es in Ordnung bringen? Willst du mich wegschicken?«

»Valery, was erwartest du denn von mir?« Er löst sich von mir und bringt Abstand zwischen uns.

Ich versuche, Ruhe zu bewahren. Irgendetwas hat sich seit gestern verändert, und ich kann nicht erkennen, was.

»Ich erwarte gar nichts von dir, Leandro. Schließlich bin ich ja nicht Davina.« Mist, das ist mir jetzt so rausgerutscht, das wollte ich gar nicht sagen.

»Was willst du damit sagen?«, braust Leandro auf.

Das wird mir hier zu dumm. »Nichts. Ich mache jetzt Feierabend, wir haben heute Samstag, da habe ich eigentlich frei.« Ich erhebe mich und will den Raum verlassen, doch Leandro hält mich auf. »Warte, du bleibst. Du gehst dann, wenn ich es dir erlaube.«

Das wird ja immer schöner. »Was bin ich? Deine Leibeigene? Ich kann mich nicht erinnern. Oder hast du mich gekauft?«

Leandro hält meinen Arm fest, und da begreife ich es. Der verdammte Schmuck. Ja, er hat mich gekauft, zumindest denkt er das. Als würde es mich verbrennen, reiße ich mir das Armband von der Haut und nehme die Halskette ab. »Hier! Gib sie Davina, vermutlich waren sie die ganze Zeit für sie gedacht.« Ich schleudere ihm die Schmuckstücke entgegen und renne aus dem Raum.

Tränen laufen mir über das Gesicht, und ich stolpere praktisch in eine Wand hinein.

»Hey, Valery! Nicht so schnell.«

Tamino fängt mich mit seinen breiten Armen auf. »Was ist los? Warum weinst du?«

Ich schüttele den Kopf. »Nichts, ich habe mich nur mit Leandro gestritten.« Ich will mich frei machen, doch er hält mich weiterhin fest.

»Komm mit.« Er nimmt meine Hand und zieht mich aus dem Haus.

Der Hof ist bereits festlich geschmückt, überall stehen Tische und Stühle, eine kleine Tanzfläche ist aufgebaut.

»Wo willst du mit mir hin?«, frage ich, lasse mich von ihm führen. Je weiter ich von Leandro wegkomme, desto besser.

Wir erreichen eine Scheune, und ich höre das Wiehern von Pferden.

»Kannst du reiten?«, fragt er und zieht mich in den Stall.

»Ich komme aus England, natürlich kann ich reiten.«

»Ich reite auch gerne aus, am liebsten morgens, wenn die Luft noch kühl ist und ich meine Ruhe habe.«

»Fabio, bitte sattele zwei Pferde. Valery nimmt Bella Donna.« An mich gewandt meint er: »Bella Donna ist eine liebevolle Stute, sie gehört Chiara. Du wirst gut mit ihr klarkommen.«

»Ich habe aber keine Reitkleidung …«

»Die brauchst du hier nicht. Wir sind ja nicht im steifen England.« Er lächelt mich an, und sofort ist meine Welt ein wenig heller.

Taminos Pferd ist schon gesattelt, und im Nu bringt mir Fabio eine weiße Stute.

»Danke, Fabio.«

Nachdem er mir in den Sattel geholfen hat, traben wir los, in Richtung der Weinfelder.

Ich bin eine gute Reiterin, auch wenn ich einige Zeit nicht mehr im Sattel saß, fühle ich mich in Sekunden wie ausgewechselt. Der Streit mit Leandro verblasst immer mehr, während ich die Schönheit der Landschaft in mich aufnehme.

Wir reiten bis zum Horizont, zumindest fühlt es sich für mich so an, und halten erst an, als die Häuser des Guts nicht mehr in Sicht sind.

An einer Wiese, die etwas tiefer liegt, halten wir an und lassen die Pferde grasen.

Ich lasse mich im Gras nieder, und Tamino setzt sich zu mir.

»Du bist eine gute Reiterin«, lobt er mich.

»Danke. Reitest du schon lange?«

»Seit der Kindheit. Ich glaube, ich konnte schon reiten, bevor ich richtig laufen lernte. Meine Mutter war eine ausgezeichnete Reiterin. Sie liebte Pferde.«

»Wie war deine Mutter?«, will ich wissen, weil ich das Gefühl habe, als würde Tamino gerne über sie reden.

Er lächelt mich an. Dieses Lächeln hat das gewisse Etwas, das einem das Herz aufgehen lässt. Ich kann Chiara gut verstehen, dass sie Tamino liebt.

»Sie war wunderschön und stolz. Ja, sie war eine stolze Frau. Mit langem, lockigem Haar. Es war schwarz wie Ebenholz. Gott, das hört sich jetzt an, als würde ich über Schneewittchen sprechen, doch im Grunde genommen hatte sie tatsächlich etwas von ihr. Sie und Papa waren wahnsinnig verliebt. Bis sie starb, war er immer an ihrer Seite. Ich habe mir immer gewünscht, ebenso eine Ehe zu führen.«

»Hast du deshalb Davina geheiratet, weil sie deiner Mutter so ähnlich ist?«

Er blickt mich fragend an.

»Nun, die Beschreibung deiner Mutter könnte auch auf Davina passen.«

Energisch schüttelt Tamino den Kopf. »Nein, meine Mutter hatte ein großes Herz, das kann man von Davina nicht sagen.«

»Warum bist du dann noch mit ihr verheiratet? Ich verstehe es nicht. Warum machst du dir das Leben so schwer?« Ich pflücke einzelne Grashalme auf.

»Vielleicht warte ich nur darauf, dass sie geht. Du weißt, wir Männer machen es uns gerne einfach.«

»Ich denke, du bist immer noch auf der Suche nach einer Frau, die wie deine Mutter ist.«

Er lacht auf. »Ja, da könntest du recht haben«, stimmt er mir zu, »nur ist so jemand nicht so einfach zu finden.«

»Weißt du, Tamino, manchmal muss man nur die Augen richtig aufhalten. Dann könnte man feststellen, dass diese Frau mit Herz und Verstand anstatt schwarzem nur blondes Haar hat.«

*

Wir kehren erst nach drei Stunden zurück. Fabio nimmt die Pferde in Empfang und kümmert sich weiter um sie.

Aus dem Augenwinkel sehe ich Leandro auf mich zustürmen, und ich ahne nichts Gutes.

»Accidenti! Wo warst du?«, ruft er aufgebracht und baut sich groß vor mir auf.

»Wir sind nur ausgeritten, mehr nicht«, will Tamino ihn beruhigen, doch Leandro stößt seinen Bruder zur Seite.

»Testa di cazzo! Du hältst dich da raus«, brüllt Leandro wie von Sinnen und will Tamino einen Schlag versetzen, doch der ist schneller und wehrt ihn ab. Sie beginnen zu raufen und landen auf dem staubigen Boden.

»Oh Gott!«, rufe ich laut und schlage mir die Hand vor den Mund. Ich will nicht, dass die Brüder sich wegen mir in die Haare bekommen. Verzweifelt schaue ich mich um und sehe Vincenzo und Chiara auf uns zulaufen.

»Bitte, Vincenzo! Sie müssen etwas tun!«, rufe ich aufgeregt.

Chiara nimmt mich in die Arme, weil ich am ganzen Körper zittere. »Sch, ganz ruhig, die regeln das unter sich.«

Ich blicke Vincenzo flehend an.

»Das ist seit acht Jahren überfällig. Sie werden sich schon

nicht umbringen«, meint er gelassen und verschränkt die Arme vor der Brust.

»Aber Vincenzo, Sie können doch nicht einfach zusehen, wie die beiden aufeinander einprügeln. Bitte, tun Sie doch etwas. Tamino wird Leandro noch verletzen.«

»Sie machen sich Sorgen um Leandro, nicht wahr?«, fragt mich Vincenzo, und ich nicke aufgeregt, während die beiden immer mehr Staub aufwirbeln.

Jetzt taucht auch Davina auf. Sie kommt allerdings nicht wie die anderen aus dem Haupthaus, sondern aus dem Stall. Ihr Haar ist zerzaust, und sie sieht ziemlich derangiert aus.

»So, jetzt reicht es.« Vincenzo fasst sich endlich ein Herz und fordert Fabio, der ebenfalls aus der Scheune tritt, auf, ihm zu helfen. Gemeinsam trennen sie die Streithähne. Sie sind über und über mit Staub bedeckt. Leandro blutet an der Lippe und hat eine Abschürfung unter dem Auge. Tamino sieht auch nicht besser aus. Er hat eine Schramme an der Schläfe, und seine Knöchel bluten.

Beide stehen sich gegenüber wie Stiere, die gleich erneut aufeinander losgehen wollen.

Plötzlich fängt Davina laut an zu lachen. Es ist ein hartes, böses Lachen, und ich spüre, wie Chiara sich versteift.

»Ihr schlagt euch um diese Frau?«, fragt sie laut und zeigt dabei auf mich. Schaut mich wütend an.

»Eine Frau, die Leandro nur hierhergebracht hat, um sich an Tamino zu rächen. Ihm etwas unter die Nase zu halten, das er nicht haben kann, etwas anderes steckt nämlich nicht dahinter, denn Leandro wird immer mich lieben.« Sie lacht erneut böse auf und stößt einen Fluch in meine Richtung aus: »Puttana!«, ruft sie aufgebracht und rauscht dann davon.

»Wow! Sie hat dich eine Nutte genannt, willst du dir das gefallen lassen?«, flüstert Chiara mir zu.

»Soll ich mich etwa auch schlagen?«, frage ich sie und wende mich dann Leandro zu. »Ist es wahr, was sie sagt? Ist das der Grund, warum ich hier bin?«

Er blickt Davina hinterher, blinzelt und schaut mich dann ausdruckslos an. Mit der Hand fährt er über seine blutende Lippe. Die Sekunden verstreichen, und Leandro bleibt stumm.

»Nun gut, damit ist alles gesagt.« Ich blicke Tamino an. »Es tut mir leid, dass du da mit hineingezogen wurdest. Ich wünsche dir alles Gute, Tamino. Chiara, ich glaube, er könnte deine Hilfe gebrauchen.«

Damit mache ich auf dem Absatz kehrt und laufe mit schnellen Schritten Richtung Haus.

15

Chiara blickt Leandro an, als hätte er nicht alle Tassen im Schrank. »Komm mit ins Bad, ich werde dich erst einmal verarzten.«

Er folgt ihr ohne ein Wort.

»Was hast du dir nur dabei gedacht?« Sie holt einen Verbandskasten aus dem Schrank und beginnt seine Wunden zu säubern.

Leandro holt zischend Luft, als es an der Lippe fürchterlich brennt.

»Das geschieht dir ganz recht. Was ist nur in dich gefahren?«

»Er hatte es verdient«, murmelt Leandro, während sie sein Auge versorgt.

»Das meine ich nicht. Es war notwendig, dass Tamino und du euch endlich mal richtig aussprecht, und wenn es mit Fäusten sein muss. Was fällt dir ein, zu schweigen und damit quasi Davinas Worte zu bestätigen? Bist du von allen guten Geistern verlassen?«

Leandro weicht ihrem Blick aus.

»Jetzt sag nicht, dass sie recht hat und du Valery aus dem Grund hierhergebracht hat, damit Tamino sich in sie verliebt und du Davina zurückbekommst.«

Chiara stemmt die Hände in die Hüften und blickt ihn herausfordernd an. Als er immer noch nichts sagt, seufzt sie leise. »Ich kann es nicht glauben. Das bist doch nicht mehr du, Leo!«

»Nein, natürlich nicht«, gibt er endlich zu, aber ganz wohl ist ihm nicht dabei. »Also, zuerst war das meine Idee, doch dann habe ich Valery besser kennengelernt, und mir wurde klar, wie dumm das ist.«

»Natürlich ist es eine dumme Idee. Du glaubst doch nicht,

dass Davina sich den reichen Ehemann wegnehmen lässt und am Ende mit nichts dasteht. So blöd ist sie nun auch nicht, auch wenn ich ihr nicht gerade einen hohen IQ zurechne.«

Leandro erhebt sich von dem Toilettendeckel, auf dem er sich niedergelassen hatte, und stützt seine Hände auf dem Waschbecken ab. »Darum geht es doch gar nicht. Davina ist keine Frau, für die ich noch etwas empfinde. Sie ist mir vollkommen gleichgültig. Ja, ich wollte Tamino schaden, das war mein Plan, nur bin ich mir selbst in die Falle gegangen. Ich hatte gehofft, wenn er denkt, ich wäre in Valery verliebt, würde er sie wollen, und seine Ehe würde scheitern. Mir war nicht klar, dass seine Ehe nur noch auf dem Papier besteht. Ich habe mit Papa gesprochen, Tamino will sich scheiden lassen.«

Diese Neuigkeit überrascht selbst Chiara. »Er will sich wirklich scheiden lassen?«

»Ja, deshalb war Enzo Soretti letztens hier.«

»Euer Familienanwalt.«

Er nickt. »Er hat bereits alle nötigen Papiere aufgesetzt. Und jetzt stehe ich hier, und er tut mir auch noch leid, der Bruder, den ich fast zehn Jahre nur gehasst habe.«

Nun setzt Chiara sich auf den geschlossenen Deckel der Toilette. »Gefühle können sich ändern. Wenn er sich scheiden lässt, bereut er, was er dir angetan hat. Davina war immer hinter dem Geld her. Ihr seid ihr beide in die Falle gegangen. Es gibt keinen Grund, euch zu hassen. Doch du vergisst jemanden bei der Sache. Valery ist zwischen die Fronten geraten, und du hast versucht, sie zu benutzen. Das ist wirklich schändlich von dir.«

»Nein … nein, so ist es nicht. Ich habe sie nicht benutzt.«

»Natürlich hast du das. Spielst ihr die große Liebe vor, kaufst ihr teuren Schmuck, lädst sie ein …«

»Ich habe das aus einem ganz anderen Grund getan«, unterbricht er sie. »Ich habe das getan, weil ich Valery liebe.«

*

Das Wasser spült den Staub von meinem Körper und ebenso die Tränen hinfort, die mir das Gesicht hinunterlaufen. Ich fühle mich wie zu Eis erstarrt. Eigentlich müsste ich mir überlegen, wie meine weiteren Schritte aussehen werden, doch ich kann nicht denken. Mir ist übel, und ich habe Angst, dass ich mich übergeben muss. Es ist alles taub, mein Körper, mein Herz und mein Verstand. Immer wieder sehe ich Davina vor mir, wie sie diese fürchterlichen Worte ausspricht, und Leandros Schweigen hallt laut in meinen Ohren wider. In was bin ich hier nur hineingeraten? Ich sollte sofort zurück nach Hause fliegen. Es würde meinem Vater mit Sicherheit nicht gefallen, auch könnte ich ihm die Ereignisse nicht schildern, die mich dazu veranlasst haben, aber weiter hier wohnen unter Leandros Dach und mit ihm arbeiten ist ein Unding. Das bringe ich nicht übers Herz. Ich muss gehen, ich habe keine andere Wahl.

Resolut drehe ich das Wasser ab, nehme mir eines der flauschigen Handtücher und föhne meine Haare. Ich mache mich ordentlich zurecht, schminke mich ein wenig, denn ich will gut aussehen, das vermittelt mir ein wenig Selbstvertrauen. Ich muss alle Register ziehen, die mir zur Verfügung stehen, denn der Schlag, den mir Leandro verpasst hat, war weit unter der Gürtellinie.

Für die Reise suche ich mir eine bequeme weiße Jeans heraus und ein dunkelblau gestreiftes, großes Shirt. Ich entscheide mich für Ballerinas, ich weiß nicht, wann ich einen Flug nach

London erwische, denn ich muss erst zurück nach Rom, um den Mietwagen zurückzubringen. Meine Habseligkeiten sind schnell gepackt, denn ich habe seit Florenz noch nicht einmal richtig ausgepackt.

Ein leises Klopfen an der Tür schreckt mich auf. Ich möchte niemanden sehen, doch ich kann mich ja hier schlecht verstecken. Als ich die Tür öffne, blicke ich verwundert Vincenzo entgegen.

»Valery, darf ich eintreten?« Er hat einen Zigarillo im Mund, der allerdings nicht brennt, und betritt den Raum. »Darf ich?«, deutet er auf seinen Glimmstängel, und als ich nicke, zündet er den Zigarillo an.

»Natürlich, Vincenzo. Es ist Ihr Haus.«

»Genau genommen ist es Leos Haus. Aber deshalb bin ich nicht hier. Sie wollen abreisen?« Seine Frage ist keineswegs erstaunt. Ihm muss wie allen anderen klar sein, dass ich unter diesen Umständen nicht bleiben kann.

»Ja, ich denke, es ist das Beste.«

»Ich denke das nicht«, erwidert Vincenzo. »Sie sollten bleiben und Leo die Stirn bieten. Zeigen Sie ihm, dass er nicht mit den Menschen machen kann, was er will.«

»Vincenzo, Ihre guten Worte in allen Ehren, aber diese ganze Reise ist ohnehin sinnlos. Wissen Sie, mein Vater hat mich hierhergeschickt, weil ich ein Praktikum absolvieren soll. Ein Praktikum! Ich arbeite seit vier Jahren als Lektorin und bin gut in meinem Job. Ich leite den Verlag, wenn mein Vater verhindert ist. Und dann schickt er mich zu einem Praktikum nach Rom, nur weil ihm meine Neuerungen nicht gefallen. Er wollte mich aus dem Weg haben und war bloß nicht mutig genug, mir zu kündigen. Ich bin es leid, überall unerwünscht zu sein. Wenn ich zurück in London bin, werde ich mir einen neuen Job suchen. Ich muss endlich auf eigenen Beinen stehen. Ich weiß nicht, ob Sie das verstehen können.«

Vincenzo setzt sich auf den Stuhl, der nahe dem Fenster steht, und bläst den Rauch hinaus. »Natürlich verstehe ich das, Valery, sehr gut sogar. Nur, bitte lassen Sie mich eines erklären. Leo war immens verliebt in Davina, schon als er ein Junge war. Es war immer klar, dass er sie heiraten wollte. Als er dann Literatur studierte und Tamino Önologie, begann Davina sich zu verändern. Sie wandte sich Tamino zu, weil sie dachte, er würde das Gut übernehmen. Den Rest kennen Sie sicherlich. Tamino verliebte sich in Davina, und er heiratete sie. Leo wandte sich daraufhin von uns ab. Erst als ich ihn um Hilfe bat, weil wir kurz vor dem Bankrott standen, wurde unser Kontakt wieder enger. Ich will meinen ältesten Sohn nicht erneut verlieren.«

»Aber damit habe ich doch gar nichts zu tun. Er wird sich nicht von Ihnen abwenden, nur weil ich gehe. Ich bin eine Fremde hier.«

»Tamino wird sich von Davina scheiden lassen, deshalb war Enzo Soretti hier an dem Tag, als Sie ankamen. Davina weiß noch nichts davon.«

»Weiß es Leandro?«

Vincenzo nickt. »Ich denke, ja. Und ich glaube, er freut sich darüber. Nicht, weil Davina dann wieder frei für ihn ist, sondern weil das Verhältnis zu seinem Bruder endlich ein normales werden kann. Lassen Sie sich von den Spielchen, die Davina treibt, nicht einschüchtern. Wenn Sie jetzt gehen, trägt sie wieder einen Sieg davon. Lassen Sie nicht zu, dass sie erneut einen Keil zwischen die Jungs treibt. Sie sind alles, was ich noch habe.«

Er ergreift meine Hand. »Valery. Leo empfindet etwas für

Sie, da bin ich mir sicher. Sie sind die erste Frau, die er hierherbringt. Wenn Sie ganz tief in sich hineinhorchen, glauben Sie nicht auch, dass er das alles unmöglich gespielt haben kann? Leo war schon immer miserabel darin, seine Gefühle zu offenbaren. Er trägt nicht umsonst ein Bild von Ihnen in der Brieftasche.«

Ich werde hellhörig. »Was für ein Bild?«

»Eines der Fotos, die ich von Ihnen gemacht habe. Ist Ihnen noch nicht aufgefallen, dass Leo ein Bild heimlich an sich genommen hat und es in seine Hosentasche steckte, als Sie ihm die Aufnahmen zeigten?« Er lächelt, als würde es sich um einen kleinen Jungenstreich handeln.

Ich gehe hinüber zu meiner Handtasche und hole den Briefumschlag mit den Bildern hervor, sehe sie kurz durch. Es stimmt. Eines fehlt, dieses Porträt, auf dem ich in die Ferne blicke.

»Sie haben recht. Aber was soll das aussagen? Sein Schweigen war Hinweis genug darauf, dass Davina die Wahrheit sagt. Ich sollte gehen.«

»Dann bleiben Sie zumindest noch bis Montag. Es ist Wochenende, da müssen Sie ohnehin nicht arbeiten. Feiern Sie mit uns das Winzerfest als mein Gast, Valery. Bitte, tun Sie mir den Gefallen.«

Seinem Blick, so flehend und gleichzeitig hoffnungsvoll, habe ich nichts entgegenzusetzen. Zwei Tage, was können die noch schlimmer machen?

»Gut, Vincenzo. Ich werde erst am Montag abreisen.«

16

Ich bleibe bis zum Abend in meinem Zimmer, doch als die Musik an Lautstärke zunimmt und ein herrlicher Duft nach Essen durch das Fenster weht, kann ich nicht widerstehen. Das dunkelgrüne Abendkleid bleibt jedoch im Schrank. Dafür entscheide ich mich für eine enge schwarze Hose und ein halbtransparentes Oberteil mit glänzenden Applikationen. Dazu trage ich silberne Sandaletten. Das Outfit ist elegant, aber nicht aufreizend. Bevor ich das Zimmer verlasse, stecke ich noch große silberne Ohrringe an. Ich blicke in den Spiegel, und mir gefällt, was ich sehe.

Die Sonne ist dabei, unterzugehen, und als ich den Hof betrete, kommt Tamino auf mich zu. »Valery, wir vermissen dich schon. Papa möchte, dass du an seinem Tisch sitzt. Er hat extra einen Platz für dich frei gehalten.«

Tamino legt den Arm um meine Schultern.

»Wie geht es dir?« Ich greife nach seiner Hand und sehe, dass er einen Verband trägt.

»Chiara hat sich um mich gekümmert, nachdem sie Leo versorgt hat. Ihn hat es wesentlich schlimmer erwischt. Ich glaube, er hat ein blaues Auge, zumindest trägt er eine Sonnenbrille.« Tamino grinst breit, und auch ich kann mir ein Lächeln nicht verkneifen. »Papa hat mir gesagt, dass du über Davina Bescheid weißt.«

Statt einer Antwort nicke ich kurz.

»Lass nicht zu, dass sie dein Leben bestimmt, Bella. Du hast nur das Beste verdient.« Ohne dass ich es verhindern kann, beugt er sich herunter und küsst mich. Leicht und freundschaftlich, doch ich habe Angst, dass Leandro uns sieht. Oder noch schlimmer, Chiara.

»Danke«, meint er dann knapp.

»Wofür denn?«

»Ich habe deinen Wink bezüglich des blonden Haars verstanden. Ich muss wohl die ganze Zeit mit Scheuklappen durch die Gegend gelaufen sein.« Er zwinkert mir zu und rückt mir den Stuhl am Tisch seines Vaters zurecht.

»Ah, Valery! Endlich. Darf ich dir meine Freunde vorstellen? Da hätten wir Francesco, er ist ein alter Schulfreund aus dem Dorf. Danilo mit seiner Frau Bianca. Sie sind Weinhändler aus Rom. Enzo, unseren Anwalt, kennst du ja schon, und Chiara und Tamino brauche ich dir ja nicht vorzustellen. Meine Freunde, das ist Valery, eine gute Freundin aus London.«

Ich lächele fröhlich in die Runde, erleichtert, dass Leandro nicht zu der Gruppe gehört. Vincenzo drückt meine Hand und küsst meine Wange. »Ich freue mich, dass du gekommen bist. Du siehst betörend aus. Hier, trink von unserem köstlichen Wein.« Er scheint schon einiges getrunken zu haben und duzt mich einfach, doch ich gehe darauf ein, weil die Stimmung so ausgelassen und fröhlich ist. Vincenzo gießt mir ein Glas ein, und ich probiere. Es ist ein leichter Rotwein, der wirklich köstlich schmeckt, nach roten Trauben und ein wenig Zimt.

»Möchtest du tanzen?«, fragt Tamino, und ich will sofort ablehnen, doch Chiara kommt mir zuvor. »Bitte, Valery, tue ihm den Gefallen, sonst fragt er wieder mich, und mir tun schon die Füße weh.«

Ich nicke ihr gut gelaunt zu. »Okay, aber wirklich nur einen Tanz, denn normalerweise muss ich etwas mehr trinken, damit man mich auf der Tanzfläche findet.«

Sie spielen eines dieser schönen italienischen Liebeslieder, bei denen man sich nicht viel bewegen muss. Tamino hält ein wenig Abstand, und ich bin ihm sehr dankbar. Er lächelt und sieht so glücklich aus, obwohl er bestimmt noch Schmerzen haben muss.

»Danke, dass du noch ein wenig bleibst«, flüstert er mir ins Ohr.

»Du hast mit Vincenzo gesprochen?«

Er nickt. »Du tust Papa einen großen Gefallen und machst ihn sehr glücklich, dafür liebe ich dich.« Er beugt sich herunter und küsst meine Wange. Ich muss mich daran gewöhnen, dass diese Italiener extrem körperbetont sind, ganz anders als die steifen Briten.

»Darf ich abklatschen?« Die dunkle Stimme jagt mir sofort eine Gänsehaut über den Körper.

Leandro steht neben uns und schaut Tamino herausfordernd an. Er trägt zwar eine dunkle Sonnenbrille, was wirklich bescheuert aussieht, weil die Sonne bereits untergegangen ist, doch seinen Blick kann man förmlich spüren. Oh, bitte bloß nicht wieder einen Streit beginnen. Ich löse meine Hände von Tamino und nicke ihm zu. »Es ist alles in Ordnung. Es ist nur ein Tanz«, murmele ich leise.

Er zwinkert mir zu und überlässt mich seinem Bruder, nicht ohne ihm vorher einen warnenden Blick zuzuwerfen.

Als Leandro seine Hände um meinen Körper legt, versteife ich mich augenblicklich. Ich muss mich konzentrieren. Wie gesagt: Es ist nur ein Tanz, bringe ich mir wieder ins Gedächtnis. Es hat nichts zu bedeuten.

Wir bewegen uns langsam, selbst als das nächste Lied beginnt, sagt keiner von uns ein Wort. Ich würde gerne von der Tanzfläche verschwinden, doch Leandro macht nicht den Anschein, als wolle er mich gehen lassen. Die ganze Zeit blickt er auf mich herunter, lässt mich nicht eine Sekunde aus den Augen. Als die Musik noch langsamer wird, zieht er mich fester in seine Arme.

»Du siehst wunderschön aus, cara mia.«

»Bitte, lass es. Du kannst mich mit deinen schönen Worten nicht mehr blenden.«

»Cara, du weißt, dass Davina nicht die Wahrheit gesagt hat.«

»Leandro, bitte hör auf damit.«

Er bleibt stehen, blickt mich wütend an. »Du kommst jetzt mit mir, und wage es nicht, einen Aufstand zu machen. Du willst meinem Vater doch wohl nicht sein Fest verderben, auf das er sich das ganze Jahr gefreut hat.«

»Musst du dich nicht um deine Gäste kümmern? Es sind eine Menge Kunden anwesend. Die willst du doch wohl nicht allein lassen.«

»Sie können eine Weile gut ohne uns auskommen. Also komm mit.«

Er nimmt meine Hand fest in seine und zieht mich Richtung Weinkellerei. Ich blicke mich suchend nach Chiara oder Tamino um, doch beide sind nicht zu finden.

Leandro öffnet die schwere Tür und schließt sie hinter uns. Das gedimmte Licht schaltet sich automatisch ein.

»Wo willst du mit mir hin?«, frage ich skeptisch und ahne, dass es keine gute Idee war, ihm widerstandslos zu folgen.

An Ende der langen Halle gibt es einen Verköstigungstisch. Fässer, die als Tische dienen, mit einigen Barhockern.

»Setz dich bitte.«

Noch bevor ich reagieren kann, hebt er mich auf einen der Hocker. »Wäre es dir lieber, ich würde dich in mein Schlafzimmer tragen?«

»Leandro, es ist egal, wohin du mich schleppst. Meine Antwort wird jedes Mal dieselbe sein. Nein, danke. Ich weiß nicht, ob du mit deinem Vater gesprochen hast, aber er ist der einzige Grund, warum ich noch hier bin. Ansonsten säße ich schon in einem Flugzeug Richtung London.«

Mit seinen Armen, die er auf dem Tisch abstützt, während er vor mir steht, hält er mich quasi gefangen. »Du wirst nirgendwohin fliegen. Schlag dir das aus dem Kopf. Du arbeitest für mich, und wir werden das Buch zusammen zu Ende bringen.«

»Ich bin freiwillig hier« gebe ich lakonisch zurück.

»Möchtest du, dass ich deinen Vater informiere?«

Jetzt muss ich wirklich lachen. Mein Vater mag in beruflichen Dingen seinen eigenen Kopf haben, doch ich bin immer noch seine Tochter, die er liebt. »Willst du mir drohen? Oder soll das eine Erpressung sein? Mein Vater würde mich persönlich abholen, wenn ich ihm erzählen würde, was du hier versucht hast abzuziehen.«

»Valery, es ist nicht so, wie du denkst.«

»Nicht?«, frage ich ironisch nach. »Wo ist eigentlich Davina? Sie wartet bestimmt draußen auf dich, dass du mit ihr tanzt. Oder ihr ein neues Schmuckstück kaufst, oder sie in dein Bett einlädst, das jetzt etwas kalt sein müsste, wo ich es dir nicht mehr wärme.«

Die Zähne zusammenbeißend steht er vor mir und blickt mich wütend an. »Noch keine andere Frau hat es je gewagt, so mit mir zu sprechen.«

»Na, dann wird es ja endlich mal Zeit, dass es eine tut. Du willst ein Spiel spielen? Dann solltest du dich genau informieren, wer deine Gegner sind. Es könnte sein, dass sie das Spiel besser beherrschen als du und du zum Schluss alles verlierst.«

Plötzlich beginnt er laut zu lachen. Es ist nicht gespielt, nein, es ist ein ehrliches, freies Lachen. »Genau das ist es, was mich an dir so fasziniert. Deine Schlagfertigkeit, du hast keine Angst, deine Meinung zu sagen. Das liebe ich an dir, Bella. Aber du vergisst eines. Ich bin der geborene Spieler, ich beherrsche das Spiel exzellent, und es wird niemanden geben, der dich so zum Schreien bringt wie ich, wenn wir Sex haben.«

Ich grinse leicht. »Dass ihr Italiener euch immer so überschätzen müsst.«

Er zieht mein Gesicht am Kinn ganz nah zu sich heran. »Zwinge mich nicht, dein Gedächtnis aufzufrischen.«

»Das wird nicht nötig sein. Die kläglichen Versuche sind mir noch gut in Erinnerung.«

»Du Biest!« Voller Verzweiflung legt er seine Arme um meinen Oberkörper, zieht mich zu sich und küsst mich. Fest und völlig kompromisslos. Seine Zunge verschafft sich augenblicklich Zugang zu meinem Mund, und als ich mich wehren will, beißt er mich leicht in die Lippe, bis ich Blut schmecke. »Hör auf, dich zu wehren. Ich weiß, dass du mich willst, so sehr, wie ich dich will.«

Erneut drückt er seinen Mund auf meinen, und ich ändere meine Taktik. Wie eine willenlose Puppe hänge ich in seinen Armen, rühre mich nicht, bis er endlich aufgibt und mich loslässt.

Er schaut mich ratlos an, fährt sich mit der Hand durch sein Haar. Das schwarze Hemd, das er zu der grauen Anzughose trägt, spannt an seinem Bizeps. Endlich nimmt er die Sonnenbrille ab, und ein großes Veilchen kommt zutage. Verdammt, das sieht gar nicht gut aus, doch ich reiße mich zusammen, werde mich hier nicht dem Mitleid ergeben.

»Du willst es wirklich auf die harte Tour, Clark? Kein Problem. Das nächste Mal wirst du mich darum bitten, dich zu küssen. Und glaube mir … du wirst betteln. Ich erwarte dich morgen um zehn im Arbeitszimmer. Wage es nicht, zu spät zu erscheinen.«

17

Puh, nach dieser Ansage muss ich mich erst einmal sammeln. Ein wütender Leandro war schon erschreckend, doch einem Leandro, der leise Drohungen ausstößt, will man besser nicht begegnen. Ich richte meine Kleidung, die ein wenig verrutscht war, als ich höre, dass sich die Tür erneut öffnet. Verdammt! Was will er denn jetzt noch?

Als ich das Kichern einer Frau höre, verziehe ich mich schnell in den dunklen Teil des Raumes, verstecke mich hinter den großen Fässern.

»Nicht, Fabio. Wir sollten lieber zum Stall gehen, dort wird uns bestimmt niemand beobachten.«

Als ich die Stimme erkenne, erstarre ich. Dieser herrische Ton gehört niemand anderem als Davina.

»Ich kann nicht warten, ich will dich jetzt«, knurrt Fabio, als beide in mein Blickfeld gelangen. Eng umschlungen küssen sie sich, und Fabio hat ihr Kleid hochgeschoben, eine Hand in ihrem String vergraben. Aus einem Reflex heraus hole ich mein Handy aus der Hosentasche und mache unbemerkt ein Foto. Ihr Liebesspiel wird immer aufregender, das will ich einfach nicht mit ansehen. So leise wie möglich öffne ich die schwere Tür, schlüpfe hinaus und schließe sie geräuschlos hinter mir.

»Was machst du noch hier?« Erschrocken fahre ich zusammen.

»Leandro. Ich …«, stammele ich hilflos und blicke auf mein Handy. Bevor ich das Fenster schließen kann, reißt er mir mein Smartphone aus der Hand.

Auf dem Bild sind Davina und Fabio deutlich zu erkennen.

»Wo hast du das her?«, fragt er gepresst.

»Sie kamen herein, bevor ich gehen konnte«, flüstere ich leise.

»Da drin?« Leandro zeigt auf den Weinkeller.

Ich nicke stumm und beiße mir auf die Lippen.

Er blickt mich entsetzt an.

»Es tut mir leid, keine Ahnung, warum ich das Foto gemacht habe.« Was für eine dumme Idee. Ich wollte mich doch aus allem heraushalten, und nun stecke ich mittendrin.

Leandro tippt auf meinem Handy herum und reicht es mir dann zurück. »Was hast du getan?«, frage ich erschrocken, als ich sehe, dass er das Foto gelöscht hat.

»Es geht dich nichts an«, meint er leise, dreht mir den Rücken zu und verschwindet in der Dunkelheit.

Resigniert gehe ich hinüber und setze mich zu Chiara und Tamino an den Tisch.

»Was ist los, cara? Du bist ganz blass? Wo warst du so lange?« Tamino schaut mich besorgt an.

»Mir ist ein wenig übel, ich glaube, ich vertrage keinen Wein«, gebe ich schwach von mir.

»Soll ich dich aufs Zimmer begleiten?«, fragt mich Chiara.

»Nein, danke. Es geht schon, ich will Vincenzo nicht den schönen Abend verderben.« Ich lächele sie tapfer an.

»Valery! Trink ein Glas mit uns!«, ruft Vincenzo über den Tisch hinweg. »Sie wird meine neue Schwiegertochter! Ist sie nicht eine Augenweide? Erhebt eure Gläser und lasst uns auf Valery und Leandro anstoßen!« Er hat sich erhoben, schwankt bedenklich. Alle anderen folgen seinem Beispiel und erheben sich.

Ich möchte mich am liebsten in einem Mäuseloch verkriechen. Chiara drückt mir ein Glas in die Hand und lächelt mich tapfer an. »Tu ihm den Gefallen«, flüstert sie mir zu, »er hat zu viel getrunken.«

Plötzlich spüre ich kräftige Hände um meine Hüften und werde an einen starken Körper gezogen.

»Ah, da ist ja mein Sohn«, ruft Vincenzo. »Schaut ihn euch an! Er hat sich heute geprügelt. Er hat sich um Valery geprügelt, weil er sie liebt. Trinken wir auf Leo und Valery und die Liebe.«

»Auf die Liebe!«, rufen alle im Chor und trinken.

Auch ich erhebe mein Glas, nehme einen Schluck, dann noch einen. Je mehr ich trinke, desto weniger schlimm empfinde ich das Ganze.

Die Gäste tanzen und unterhalten sich, und ich bin dankbar, nicht mehr im Mittelpunkt der Aufmerksamkeit zu stehen.

»Danke, dass du Papa die Freude machst«, raunt mir Leandro ins Ohr. »Möchtest du mit mir tanzen?«

Es ist eine Frage, kein Befehl, daher winke ich nicht sofort ab, sondern überlege einen Augenblick. Er trägt nun keine Brille mehr, schaut mich fast flehend an. »Ja, gerne«, gebe ich nach.

Die Band, die schon den ganzen Abend für Unterhaltung sorgt, stimmt *Se bastasse una canzone* an. Leandro führt mich zur Tanzfläche, auf der nur noch wenige Paare zu finden sind. Aus dem Augenwinkel sehe ich, dass auch Chiara und Tamino eng umschlungen tanzen. Sie sehen aus, als gehörten sie schon immer zusammen.

»Sie sind so ein schönes Paar«, meine ich leise.

Leandro folgt meinem Blick, während er mich in die Arme nimmt. Er hält Abstand, kommt mir nicht zu nah, und ich bin dankbar dafür. Das macht es mir nicht so schwer, zwischen Gewissen und Leidenschaft zu wählen. Denn obwohl er mich so behandelt, fühle ich mich immer noch zu ihm hingezogen.

Mein Körper reagiert auf Leandro, obwohl ich es ihm verbiete. Jedoch ignoriert er einfach meinen Verstand. Und ich stehe zwischen beiden und weiß nicht, was ich tun soll.

Der ungewohnte Alkohol und die Musik lullen mich ein. Dazu Leandros Berührungen, die mir den Verstand rauben. Er hat eine Hand unter mein Oberteil geschoben und berührt die nackte Haut auf meinem Rücken, streichelt mich zärtlich, sodass ich eine Gänsehaut bekomme.

»Ich möchte, dass du heute bei mir schläfst«, raunt er mir ins Ohr.

»Nein, Leandro. Es hat sich nichts geändert.« Ich wage es nicht, ihm in die Augen zu sehen. Als das Lied endlich endet, winde ich mich aus seinen Armen und laufe Richtung Haus. Ich muss weg aus seiner gefährlichen Nähe, bevor ich wieder nachgebe.

*

Wie ein begossener Pudel bleibt Leandro auf der Tanzfläche zurück. Er hat eine Menge getrunken, deshalb sind seine Reflexe nicht mehr so schnell, und Valery entwischt ihm, ohne dass er sie aufhalten kann. Auf keinen Fall wird er diese Nacht allein verbringen. Er schaut sich suchend nach Chiara um, doch weder sie noch Tamino ist irgendwo zu entdecken. Lediglich Vincenzo sitzt noch mit seinen Freunden am Tisch und raucht in Ruhe einen Zigarillo. Den ganzen Abend hat er Valery nichts essen sehen, daher läuft er zielstrebig in die Küche. Es wird mit Sicherheit noch etwas vom Büfett übrig sein. Als er den Raum betritt, sieht er eine Silhouette am offenen Kühlschrank stehen. »Kann ich dir vielleicht helfen?«

Erschrocken zuckt Valery zusammen. Verärgert über die

Störung dreht sie sich um und schließt die Tür. »Ich habe heute noch nichts gegessen«, erklärt sie kleinlaut, als hätte man sie mit den Fingern in der Bonbonniere erwischt.

»Es tut mir leid, ich wollte dich nicht erschrecken. Bitte, such dir ruhig etwas aus. Es ist genug da.«

»Nein, danke, ich gehe lieber schlafen. So spät soll man ohnehin nicht mehr essen.« Sie will die Küche verlassen, doch Leandro versperrt ihr den Weg.

Nur das Mondlicht spendet ein wenig Helligkeit. Er streicht ihr eine ihrer widerspenstigen Haarsträhnen aus dem Gesicht. »Es tut mir leid, cara mia.«

»Halt! Nein, ich will mit dir nicht darüber sprechen. Nicht hier und nicht jetzt, wenn du betrunken bist, Leandro.«

Sie drängt sich an ihm vorbei, doch er ist nicht gewillt nachzugeben und hält sie mit seinen Armen fest umklammert.

»Bist du der Meinung, ich weiß nicht, was ich sage oder fühle? Du kannst dir sicher sein, meine Gefühle sind echt.«

»Schade, dass du dir vor einigen Stunden nicht klar darüber warst, jetzt ist es zu spät, und jetzt lass mich gehen.« Sie wehrt sich, und Leandro lässt sie gehen.

»Wenn du glaubst, dass es zu spät ist, irrst du dich gewaltig«, murmelt er und öffnet den Kühlschrank.

18

Chiaras Weg führt sie in die Stallungen, weil sie nach den Pferden sehen will. Morgen will sie ausreiten, worauf sie sich schon seit Wochen freut. Es ist lange her, dass sie hier auf dem Gut gewesen ist, und ein Ausritt wäre eine wunderbare Abwechslung zu ihrem Bürojob.

Zu ihrer Verwunderung brennt Licht im hinteren Teil der Stallungen. Sie läuft an den Boxen vorbei, einige Pferde schnaufen oder scharren mit den Hufen. »Alles ist gut, meine Schönen«, redet sie beruhigend auf die Tiere ein.

»Dein Liebling steht hier hinten.« Die Stimme kommt aus der letzten Box. Taminos Kopf kommt zum Vorschein. »Ich habe noch mal nach den Tieren geschaut, ob für morgen alles in Ordnung ist.« Er streichelt über den Hals der weißen Stute. »Valery ist heute auf Bella Donna ausgeritten, ich hoffe, es war dir recht.«

»Natürlich. Ich freue mich, wenn sie Bewegung bekommt.«

»Valery ist eine gute Reiterin. Ich kann nur hoffen, dass Leo die Kurve bekommt und sich seine Liebe zu ihr eingesteht. Doch so, wie ich ihn kenne, wird ihm das erst bewusst werden, wenn es zu spät ist.« Er lächelt milde.

»Du machst dir Sorgen um ihn?« Chiara streichelt Bella Donna, die leise schnauft.

»Er ist mein Bruder, und ich liebe ihn. Ich habe einen Fehler gemacht, als ich Davina geheiratet habe. Schon kurz nach der Heirat ist mir das klar geworden, doch da war es schon zu spät. Leo hatte sich von mir abgewandt. Das ändert aber nichts daran, dass er mein Bruder ist. Wir haben uns vielleicht nicht mehr so viel zu sagen, aber er bleibt doch mein Bruder.«

»Ich freue mich schon auf unseren Ausritt morgen früh,

aber ich sollte längst im Bett liegen, damit ich auch aus den Federn komme, es ist schon spät.« Sie wendet sich dem Ausgang zu.

»Warte, Chiara. Ich begleite dich.«

Tamino schaltet das Licht aus und nimmt im Dunkeln ihren Arm, damit sie nicht stolpert. »Es war ein schönes Fest.«

»So, war es das?«, fragt sie und berührt seine verbundene Hand.

»Ach, diese Rauferei war doch nichts. Ein kleiner Streit unter Brüdern. Zumindest redet Leo jetzt wieder mit mir. Dafür allein haben sich die Abschürfungen gelohnt.« Er grinst und blickt auf Chiara hinunter. Sie stehen vor den Stallungen, um die Tür zu schließen. Das Mondlicht erhellt ihr Gesicht, und in Taminos Augen hat sie nie schöner ausgesehen. Ihr blondes Haar leuchtet geradezu im Dunkeln.

»Wie lange wirst du bleiben?«, will er wissen.

»Ich werde wohl morgen Nachmittag wieder nach Rom fahren. Solange Leo hier ist und an seinem Buch arbeitet, habe ich die Leitung im Verlag.«

Langsam laufen sie zum Haupthaus, in dem Chiara eines der Gästezimmer bezogen hat.

»Vielleicht kann ich Leo ja überreden, dass er für dich nach Rom zurückkehrt.«

»Warum? Möchtest du, dass ich noch bleibe?« Chiaras Worte hören sich mutig an.

»Wäre das so verwunderlich?« Er hält ihr die Haustür auf, damit sie das Haus betreten kann.

»Ja, das wäre durchaus verwunderlich. Wir kennen uns schon so lange, und du bist immerhin noch verheiratet.«

Sie geht langsam auf das Gästezimmer im Erdgeschoss zu.

»Du hast das Zimmer hier unten bezogen?«

»Ja, hier ist es kühl und so schön ruhig.«

Tamino folgt ihr bis ins Zimmer, schließt die Tür hinter sich ab.

»Kannst du mir sagen, was das jetzt zu bedeuten hat?«, fragt Chiara und schaltet die kleine Nachttischlampe an.

»Sag du es mir, Chiara. Was hat es zu bedeuten?«

»Ich will ehrlich sein. Ich habe mit Leo gesprochen, er hat mir erzählt, dass du dich scheiden lassen willst.«

Tamino lässt sich auf dem Bett nieder, spreizt ein wenig die Beine, zieht Chiara zu sich heran. Seine Hände liegen auf ihren Hüften, und mit den Daumen streichelt er sie zärtlich.

»Ja, ich bin fertig mit Davina. Ich habe noch nicht mal eine Ahnung, wo sie jetzt steckt, aber du kannst mir glauben, dass sie nicht in unserem Schlafzimmer auf mich wartet.«

»Was willst du, Tamino?«, fragt Chiara und legt ihm die Hände auf die Schultern. Er trägt ein weißes Hemd, die Knöpfe zur Hälfte geöffnet, was die Aussicht auf sein feines dunkles Brusthaar zulässt.

»Dich«, ist seine simple Antwort. »Und zwar schon eine halbe Ewigkeit, nur ist es mir nie aufgefallen. Erst Valery musste kommen und mich mit der Nase darauf stoßen.«

»Valery?«

»Ja, aber eigentlich will ich jetzt nicht über Valery, Leo oder meine Frau sprechen. Ich möchte viel lieber mit dir ganz andere Dinge machen.«

Chiara macht einen Schritt auf ihn zu, streicht sein Haar zurück. »Was für Dinge?«

Seine Hände tasten nach dem Reißverschluss ihres Kleides, er zieht ihn auf und lässt das Kleid zu Boden gleiten. Chiara steigt heraus und löst die Riemchen an ihren Sandaletten.

»Du bist wunderschön, Principessa. So viele Jahre frage ich

mich schon, was du unter der Kleidung vor mir verbirgst, und endlich kann ich das Geheimnis lüften.« Er löst den Verschluss des BHs und zieht ihr die Träger von den Schultern. Laut holt er Luft und kann sich an ihr nicht sattsehen. Seufzend steht er auf, fährt mit den Händen durch ihr glattes Haar. »Ich war so ein Idiot«, murmelt er und beugt sich hinunter, um sie zu küssen.

Es ist einer dieser Küsse, auf die man ein Leben lang wartet. Tamino umschließt ihr Gesicht mit seinen Händen, als hätte er Angst, dass Chiara einfach so verschwinden könnte. Während er sie küsst, öffnet Chiara die restlichen Knöpfe seines Hemdes, zerrt es ihm von den Schultern. Ihre Hände arbeiten ohne Unterlass, zerren ihm die Hose von den Hüften. »Ich muss dich spüren«, wispert sie an seinen Lippen und löst sich von ihm. Sie zieht ihren String aus und legt sich auf das Bett.

»Komm her zu mir«, fordert Chiara ihn auf, und ihr Herz setzt bei diesem Anblick einen Moment aus. »Ich habe gewusst, dass du schön bist. Ich habe es in meinen Träumen gesehen, wenn ich mit den Gedanken an dich eingeschlafen bin. Ich war so dumm, es warst immer du … schon immer«, murmelt Tamino, legt sich zu Chiara und beginnt ihren Körper zu küssen. Seine Haut fühlt sich so vertraut an, als hätte er sie schon tausendmal berührt, bis ihr aufgeht, dass er das bereits hat, nur auf ganz andere Weise.

»Ich muss dir etwas sagen, cuore mio. Ich möchte nicht, dass du denkst, das hier passiert nur, weil ich einsam bin oder die Gelegenheit günstig ist. Das hier geschieht, weil ich dich liebe, schon so lange, nur hat mir bisher immer der Mut gefehlt, es dir zu sagen. Vielleicht war es mir auch nie richtig bewusst. Doch ich will, dass du weißt, dass es mir ernst mit dir ist. Ich liebe dich, Chiara.« Er küsst sie erneut, verlangender, zeigt ihr, wie außerordentlich er sie begehrt.

»Warte!« Chiara schiebt ihn ein wenig von sich. »Warte, ich will dir auch etwas sagen.«

Ein wenig unsicher blickt er sie an und wartet ab.

»Ich habe so lange Zeit geschwiegen und kann nicht glauben, dass es endlich wahr wird. Ich liebe dich schon so lange. Schon als wir Kinder waren. Doch du hast mich immer wie eine Schwester behandelt, und dann hast du geheiratet, und mein Herz brach. Du sahst so glücklich aus, doch nach und nach wurdest du immer unglücklicher, und ich konnte es kaum ertragen. Doch jetzt, in diesem Augenblick, heilt mein Herz, mit deiner Liebe zu mir.«

Sie streichelt sein Gesicht, fährt mit dem Finger die Kinnlinie nach.

»Ich kann nicht fassen, was du mir da sagst, mein Liebling. Ich werde dich nie wieder gehen lassen. Niemals. Habe ein wenig Geduld mit mir, dann wird alles gut.«

Sie blickt ihn glücklich an. »Es ist schon alles gut. Besser kann es gar nicht werden.«

Tamino legt seine Lippen auf ihren Mund und murmelt: »Oh doch, cara! Es wird noch viel mehr als nur besser. Es wird wundervoll.«

19

Dass sich die Tür öffnet, nehme ich zwar wahr, doch ich bin in diesem Moment so abgelenkt, weil ich eine SMS lese, die Will mir aus London gesendet hat. Er zieht durch die Clubs, und sobald er etwas getrunken hat, schickt er mir immer sentimentale Nachrichten, in denen er schreibt, dass er mich heiraten will. Es ist mittlerweile ein Running Gag zwischen uns, nichts, was ich ernst nehme.

Als plötzlich Leandro in meinem Zimmer steht, erschrecke ich mich fast du Tode.

»Was willst du hier?«, frage ich aufgebracht, weil der Schock mir immer noch in den Knochen steckt.

»Ich bringe dir etwas zu essen. Du kannst nicht so viel Wein trinken, ohne etwas im Magen zu haben.« Er setzt sich zu mir auf die Bettkante und reicht mir einen Teller. Die zwei Gläser Wein stellt er auf dem Nachttisch ab.

»Ich bin nicht betrunken«, murre ich.

»Das habe ich auch nicht gesagt. Aber ich will nicht, dass es dir morgen schlecht geht. Iss das hier! Ich habe dir ein Stück vom Spanferkel gebracht, Saltimbocca, Kartoffelgratin, und du musst diesen Nudelsalat probieren. Er schmeckt hervorragend.«

»Das schaffe ich niemals allein«, stöhne ich. »Du musst mir helfen.«

Er grinst, und weil er betrunken ist, sieht es ein wenig schräg aus. Ich beginne zu essen und füttere ihn abwechselnd.

»Hier, trink etwas.« Er reicht mir eines der Gläser.

»Nein, danke, ich will keinen Alkohol mehr«, wehre ich ab.

»Es ist Wasser. Pures Wasser, probier es.«

Ich komme seiner Bitte nach, und er hat nicht geschwindelt.

In stillem Einvernehmen essen wir den Teller leer. Als ich fertig bin, nimmt Leandro ihn mir ab, stellt ihn zur Seite. Dann beginnt er damit, sich auszuziehen.

»Was machst du?«, frage ich aufgeregt.

»Wenn du nicht bei mir schlafen willst, werde ich eben bei dir schlafen.«

»Nein, das geht nicht. Leandro, du musst gehen.«

»Ich kann nicht gehen. Ich bin einfach zu müde. Rutsch ein wenig, damit ich mehr Platz habe.«

Ohne auf mich zu achten, legt er sich einfach in mein Bett, und mir bleibt nichts anderes übrig, als ihm Platz zu machen.

»Ich werde nichts versuchen, versprochen.«

Leandro blickt mich eindringlich an und legt den Arm um meine Schultern.

»Und wenn ich etwas versuche?«, murmele ich leise und schalte das Licht der Nachttischlampe aus. Verdammt! Das hatte ich jetzt gar nicht sagen wollen, es ist mir einfach so herausgerutscht. Ich spüre, wie Leandro sich versteift. Dass ich auch meine Klappe nicht halten kann.

»Du solltest mich nicht auf die Probe stellen.«

»Dann hättest du nicht herkommen sollen.« Ich kann nichts dafür, mein Mund scheint ein Eigenleben zu führen, will ihn unbedingt herausfordern. Ich sollte wütend auf ihn sein, vermutlich bin ich das auch, aber mein Körper will diesen Mann, der mein Herz gestohlen hat. Im Dunkel der Nacht blitzen seine Augen förmlich auf, und mir wird erneut klar, dass ich Leandro liebe. Verflucht! Ich will ihn nicht lieben und sitze nun in meiner eigenen Falle.

»Was soll das heißen?«, fragt er heiser und streckt die Hand nach mir aus.

»Finde es heraus«, murmele ich leise. Wenn ich am Montag

abreise, warum soll ich es nicht noch einmal auskosten? Warum nicht das mitnehmen, was sich mir bietet? Eine schöne Erinnerung, auf die ich immer zurückblicken kann.

»Clark, du bist mein Ende, weißt du das?« Er beugt sich über mich, blickt mir tief in die Augen. »Ich habe dir heute etwas gesagt. Ich bin zwar betrunken, aber nicht so stark, um mich nicht daran zu erinnern. Also, bitte mich, dich zu küssen.«

Ich spüre seinen harten Körper auf meinem und reibe mich an ihm, doch er ist ganz auf mein Gesicht fokussiert.

»Bitte mich«, flüstert er an meinen Lippen, und in diesem Moment habe ich nicht das Gefühl, dass er betrunken ist.

»Bitte küss mich«, wispere ich tonlos mit angehaltenem Atem und schließe die Augen. Er hat mich dazu gebracht, es zu sagen. Ich kann es nicht glauben. »Verdammt, ich flehe dich an, mich endlich zu küssen.«

»Dein Wunsch ist mir Befehl.« Er berührt zärtlich meine Lippen mit seinen. Leandro schmeckt nach Alkohol, aber auch nach Mann. Nach dem Mann, den ich mehr als alles andere auf der Welt will.

Ich stemme mich gegen seine Schulter, drehe ihn auf den Rücken und lasse mich über seine Hüften gleiten.

»Du hast heute nicht das Sagen, mein Lieber«, flüstere ich an seinen Lippen und greife nach seiner Männlichkeit, reibe sie langsam.

»Verflucht, Valery! Was machst du mit mir?«

»Ich will dich. Das hier ist Sex, nichts weiter. Bilde dir also nicht zu viel ein.«

Er schenkt mir einen spöttischen Blick, zieht meinen Kopf zu sich heran und küsst mich hart. »Ich werde dir beweisen, dass es nicht so ist.«

Mein Handy summt. Ein Anruf.

»Wer ist das?«, fragt Leandro neugierig, während ich mich auf ihm bewege.

»Ist das jetzt wichtig?« Ich kann es nicht glauben.

Er hält in der Bewegung inne und greift nach meinem Smartphone.

»Hey!« Ich will es ihm wegnehmen, doch Leandro ist schneller. Er nimmt den Anruf entgegen.

»Hallo! … Nein, Valery kann nicht ans Telefon kommen, denn sie hat gerade Sex mit mir. Ruf morgen noch mal an oder nächste Woche. Am besten gar nicht mehr.« Dann legt er auf und schaltet das Gerät aus.

»Bist du wahnsinnig? Wer war das?«, will ich wissen. Ich sitze immer noch über seinen Hüften, und er grinst mich an.

»Ein William Soundso. Der Typ nervt gewaltig. Was will er von dir?«

»Ich habe dir von ihm erzählt. Er ist mein Arbeitskollege. Wir stehen uns nah, so wie du und Chiara, aber ich liebe ihn nicht.«

»Wen liebst du dann?« Er setzt sich auf, hält mich an den Hüften fest und zieht mich mit, sodass wir uns ganz nah sind.

»Leandro, was willst du von mir hören? Ich kann mich unmöglich ganz aufgeben. Du hast deinen Standpunkt klargemacht, und ich muss damit leben.«

»Valery, bitte glaube mir, das war nicht ich. Ich bitte dich, verzeihe mir.«

»Ich bin schon oft verletzt worden. Ich kann das nicht. Es tut mir leid.« Ich steige aus dem Bett, und Leandro lässt mich gehen. Vermutlich bin ich doch nicht so stark, wie ich immer dachte.

»Valery, komm her zu mir.«

Ich ziehe mein Schlafshirt über, weil ich nicht länger nackt sein möchte.

Er hält mir die Hand hin. »Bitte, komm zu mir.«

Ich gebe nach, weil ich plötzlich extrem müde bin. Leandro hebt die Decke, und ich schlüpfe ins Bett, in seinen Arm. »Lass uns schlafen. Ich will dich nur halten, die ganze Nacht, cara mia.«

Schließlich gebe ich nach. Leandro zieht mich fester in seine Arme. »Ich will dich zurück und werde alles dafür tun«, murmelt er und schläft ein. Ich liege noch lange wach.

20

Obwohl ich spät eingeschlafen bin, wache ich um kurz nach sieben auf. Leandro schläft noch, und er sieht aus wie ein kleiner Junge. Ich streiche ihm eine Locke aus der Stirn und ziehe im Bad meine Joggingkleidung an. Frische Luft wird mir und meinem brummenden Kopf guttun.

Die Sonne geht gerade erst auf, im Haus ist es still, alle anderen scheinen noch zu schlafen. Selbst das Personal ist nicht zu sehen. Ich schlage den Weg zu den Weinfeldern ein, als sich die Tür der Stallungen öffnet. Davina tritt heraus, gefolgt von Fabio. Beide sehen aus, als hätten sie die Nacht im Stall verbracht.

Als Davina mich bemerkt, bleibt sie abrupt stehen. Ich kann es nicht glauben, mit offenem Mund blicke ich sie sprachlos an.

»Was guckst du so?«, blafft sie mich an und stemmt die Hände in die Taille. »Glaubst du etwa, du bist besser?« Sie spuckt vor mir in den Staub.

Jetzt reicht es mir. Ich mache einen Schritt auf sie zu. »Ja. Ja, genau das glaube ich. Ich würde niemals einen Mann nur des Geldes wegen heiraten und ich würde ganz bestimmt meinen Mann nicht so schamlos betrügen.«

»Was weißt du denn schon? Kommst hierher und denkst, dass Leo irgendetwas für dich empfindet. Aber da irrst du dich gewaltig. Leo liebt nur sich, das war schon immer so. Und willst du noch etwas wissen? Er kommt einfach nicht von mir los. Ich kann ihn um den kleinen Finger wickeln. Du bist nur eine billige Hure für ihn, mehr nicht.«

Ihr letzter Satz führt dazu, dass mir die Sicherungen durchbrennen. Ich mache einen Schritt auf sie zu und schlage ihr ins Gesicht. Davina taumelt, fängt sich jedoch schnell wieder und zieht mich an den Haaren. Es dauert nicht lange und wir beide liefern uns eine erstklassige Rauferei. Wir gehen zu Boden, kratzen, kreischen und ziehen an unseren Haaren. Irgendwann gewinne ich Oberwasser, setze mich über ihre Hüften und schlage auf sie ein. Davina kann nur noch schützend ihre Arme über das Gesicht halten.

Viel zu spät merke ich, dass jemand mich packt und von ihr wegträgt. Ich schlage wie verrückt um mich, bis meine Arme festgehalten werden, als würde ich in einer Zwangsjacke stecken.

»Beruhige dich, Valery! Hey, lass gut sein, ich bin es.« Leandros Stimme dringt zu mir durch. Langsam gebe ich klein bei, schwer atmend höre ich auf, mich zu wehren.

»Hier, nimm sie.« Er reicht mich wie ein Stück Ware an Tamino weiter, der geweckt durch den Krach zusammen mit Chiara aufgetaucht ist.

»Davina! Was ist los? Bist du verletzt?« Besorgt kümmert Leandro sich um seine Exverlobte und hilft ihr auf, nimmt sie in die Arme.

Fassungslos starre ich auf die Szene, die sich vor meinen Augen abspielt.

»Was ist denn passiert?«, fragt Chiara aufgeregt und schaut nach, welche Blessuren ich davongetragen habe. »Du blutest an der Lippe«, stellt sie fürsorglich fest.

Ich fahre mit dem Handrücken darüber. »Ist nicht so schlimm, wie es aussieht. Alles okay.« Es tut nicht einmal weh, oder ich spüre den Schmerz nicht, weil ein ganz anderer sich um mein Herz legt.

»Was ist passiert?«, fragt nun auch Tamino.

»Diese falsche Schlange ist einfach auf mich losgegangen«, schreit Davina aufgebracht, und Tränen treten in ihre Augen.

»Ja, weil du mit deinem Lover aus dem Stall gekommen bist«, meine ich giftig. Ich kann mich einfach nicht beruhigen. Dass Leandro sich auch noch um sie bemüht, zerreißt mir das Herz. »Diese englische *puttana* kommt hierher und will …«

»Davina! Es reicht!« Tamino hat mich mittlerweile losgelassen und tritt auf seine Frau zu. »Du packst jetzt deine Sachen und verschwindest. Sofort. Und nimm deinen Lover hier gleich mit, bevor ich mich vergesse und ihn eigenhändig vom Hof jage.« Er blickt Fabio wütend an, der gleich einen Schritt zurücktritt.

»Du willst mich hinauswerfen?« Davina lacht hysterisch. »Du hast keine Ahnung, wie teuer das für dich werden wird. Mir gehört die Hälfte von allem«, schreit sie laut.

»Dir gehört die Hälfte von nichts«, lacht Tamino laut. »Ich habe genug Beweise, dass du niemals treu warst«, meint er gelassen.

»Ich werde dich ruinieren.« Davina läuft drohend auf ihn zu, doch Leandro legt den Arm um sie, zieht sie praktisch an seine Brust und spricht beruhigend auf sie ein.

Ich wende beschämt den Blick ab. Das ist einfach zu viel für mich. Tränen der Hilflosigkeit laufen mir über die Wangen, und ich schluchze laut auf.

»Valery, komm mit ins Haus«, versucht Chiara mich zu schützen und zerrt an mir, doch ich kann mich nicht von der Stelle bewegen. Ich schüttele den Kopf. Wie kann Leandro mir das nur antun? Hasserfüllt blicke ich in seine Richtung. Nie mehr, schwöre ich mir! Nie wieder falle ich auf seine falschen Worte herein.

»Du willst mir drohen?« Tamino behält die Ruhe, und ich kann es kaum verstehen.

»Was kannst du schon gegen mich vorbringen?« Davina sitzt auf einem so hohen Ross, dass es kaum zu ertragen ist.

»Ich habe dich gesehen«, rufe ich aufgeregt. »Ich habe gesehen, wie du Fabio geküsst hast, gestern im Weinkeller. Als ihr dachtet, ihr wärt allein.« Die Worte sprudeln nur so aus mir heraus.

»Valery, bitte halte dich da raus«, herrscht Leandro mich an, was mich noch wütender macht.

»Ich habe sogar ein Foto!«, rufe ich, auch wenn es von meinem Handy gelöscht wurde, aber das muss ich ja nicht erzählen.«

»Ha! Das ist gelogen!«, ruft Davina und fährt sich durch ihr wirres Haar. »Dann zeig es mir.«

Verdammt! Zwar habe ich mein Handy eingesteckt, aber ich weiß, dass das Foto nicht mehr vorhanden ist. Ich blicke zu Leandro, der mich gar nicht beachtet, sondern seinen Bruder im Visier hat.

Eine gespenstische Stille legt sich über den Morgen, und ich begreife, dass ich mich zu weit aus dem Fenster gelehnt habe.

»Los! Zeig mir deine angeblichen Beweise.«

»Du willst Beweise? Dann schau dir das hier genau an.« Tamino hat sein Smartphone gezückt und hält es in die Höhe, zeigt es in alle Richtungen. Es ist das Foto, das ich gestern von Davina und Fabio gemacht habe. Das Foto, von dem ich dachte, es wäre für immer verloren.

Ich blicke Leandro an, doch er weicht erneut meinem Blick aus.

»Du hast meinen Sohn gehört! In einer Stunde bist du hier verschwunden, und wage es nie, wiederzukehren!« Vincenzo hat mittlerweile die Bühne betreten und steht mit einer Heugabel in der Stalltür.

»Papa! Leg das weg«, meint Leandro, doch Vincenzo fuchtelt weiter mit der Gabel herum.

»Und er soll ebenfalls abhauen, ich will ihn nie wieder sehen. Die beiden sollen von unserem Grund und Boden verschwinden, und zwar sofort, sonst geschieht noch ein Unglück.« Vincenzo zeigt auf Fabio. Sein sonorer Bass hallt durch den Morgen, und niemand scheint Zweifel daran zu haben, dass er meint, was er sagt.

Davina wirft Fabio einen kurzen Blick zu. »Wir gehen! Hier bleibe ich keine Sekunde länger.« Sie kommt auf mich zu, und Tamino und Chiara stellen sich schützend vor mich. »Keine Angst! Du kannst Leandro haben, für mich war er nie mehr als nur eine goldene Kreditkarte.«

Ich blicke neugierig zu Leandro, doch er bleibt merkwürdig ruhig, als würden ihn Davinas Worte gar nicht berühren.

Sie läuft mit schnellen Schritten Richtung Haus. Es dauert keine fünf Minuten, da kommt sie mit gepackten Koffern wieder heraus und steigt in Fabios klapprigen Fiat. In einer Staubwolke rauschen sie davon.

»Danke für das Foto«, murmelt Tamino und blickt mich sanft lächelnd an, doch ich schüttele den Kopf. »Nein, danke nicht mir, sondern Leandro, deinem Bruder. Er hat dir diesen Beweis geschickt.«

21

Leandro sieht, wie Valery sich umdreht und in Richtung der Felder davonläuft, doch er reagiert nicht. Er hat in ihrem Blick erkannt, dass es besser ist, sie jetzt erst einmal in Ruhe zu lassen. Was gäbe es noch zu sagen? Er hatte sie vor Davina schützen wollen, doch Valery schien das alles falsch zu verstehen.

»Danke, Leo, dass du das für mich getan hast.« Tamino steht vor ihm und will ihm die Hand reichen. Leo blickt darauf, dann schüttelt er den Kopf und zieht ihn in die Arme. »Da gibt es nichts zu danken, mein Bruder.«

»Solltest du nicht nach Valery sehen?«, fragt Chiara.

Nachdenklich beißt sich Leandro auf die Lippen. »Nein, ich denke nicht, dass es noch etwas zu sagen gibt.«

Ungläubig schüttelt Chiara den Kopf. »Stupido! Du bist wirklich ein riesen Rindvieh! Wie kannst du das Mädchen nur so behandeln? Manchmal bereue ich es wirklich, mit dir befreundet zu sein.«

»Was soll ich ihr denn sagen?«, fragt er hilflos.

»Wie wäre es damit, dass du sie liebst«, hilft Chiara ihm auf die Sprünge.

»Ich liebe sie doch gar nicht«, ruft Leandro aufgebracht. »Wie kommst du nur auf diese Idee?«

Tamino tritt auf Chiara zu und nimmt sie liebevoll in die Arme. »Lass ihm etwas Zeit, wir Marianis brauchen wohl etwas länger, bis wir die echte Liebe erkennen. Er ist genauso ein Hornochse, wie ich es war, wir können nichts dafür.« Besitzergreifend küsst er Chiara, die ihre Arme um seinen Nacken schlingt.

»Was soll das denn jetzt? Seid ihr jetzt etwa zusammen?«,

fragt Leandro überflüssigerweise, denn die Situation ist eindeutig.

»Die beiden lieben sich schon so lange, dass ich dachte, aus ihnen wird nie ein Paar«, grummelt Vincenzo, legt die Mistgabel über seine Schulter und geht seines Weges.

»Sind denn jetzt alle verrückt geworden?«, ruft Leandro wütend und läuft ins Haus.

*

Immer weiter tragen mich meine Füße, bis ich vollkommen ausgepowert bin. In meinem Kopf höre ich nur den eigenen Atem, ansonsten ist er völlig leer. Nur nicht denken, sonst werde ich zusammenbrechen. Gedanklich packe ich bereits die Koffer. Obwohl ich Vincenzo versprochen habe, bis Montag zu bleiben, ist das keine Option mehr für mich. Ziemlich erschöpft lasse ich mich auf eine Holzbank fallen, die am Wegesrand in Sicht kommt, und atme angestrengt. Ich habe keine Ahnung, wie weit ich gelaufen bin, doch vor mir selbst kann ich einfach nicht davonlaufen.

Ich zücke mein Handy und wähle Wills Nummer.

»Val! Hast du eine Ahnung, wie viel Uhr wir haben?«, brummt William sauer.

»Sorry, Will, ich habe nicht auf die Uhr geschaut.«

Ich höre, wie er sich über das Gesicht streicht, denn die Bartstoppeln knistern. »Schon gut, Kleines. Was ist los?«

»Ich … es ist einfach so schön, deine Stimme zu hören.«

»Valery, nun rück schon raus mit der Sprache! Was ist los? Ich kenne dich genau und höre, wenn etwas nicht in Ordnung ist.«

»Nein, sorry, wenn ich dich geweckt habe. Ich komme in ein paar Tagen zurück.«

»In ein paar Tagen? Ich dachte, du bleibst ein halbes Jahr? Sag mir, wo du genau bist. Noch in Florenz?«

»Nein, ich bin auf einem Weingut in einem kleinen Dorf, es heißt Artimino. Mach dir keine Sorgen, wir sehen uns bald, und jetzt schlaf weiter.«

»Valery, wer war gestern dieser Typ an deinem Handy?«

»Niemand, Will. Er ist nicht mehr wichtig.«

Ich beende das Gespräch, bevor William noch etwas sagen kann. Wozu ihn in Aufregung versetzen? Ich stecke mein Handy ein und mache mich auf den Rückweg. Zeit, um nach Hause zu fliegen.

22

Der Hof liegt merkwürdig ruhig da, als ich zurückkehre, nichts lässt darauf schließen, was sich hier vor wenigen Stunden abgespielt hat. Als ich die Treppe zum Haupthaus hinaufsteige, kommt mir Chiara entgegen.

»Hast du einen Augenblick?«, fragt sie und lässt sich auf dem obersten Treppenabsatz nieder.

»Natürlich.« Ich setze mich zu ihr.

»Geht es dir gut?«, fragt sie, und ihr Ton macht mir ein wenig Angst.

»Ja, alles gut. Was ist los?«

»Leandro ist nach Rom abgereist.« Ihre schönen blauen Augen blicken mich abwartend an.

»Mit Davina?«

Sie schüttelt den Kopf. »Nein, glaube mir, er empfindet nichts mehr für sie. Schon lange nicht mehr.«

»Aber warum ist er dann gegangen?« Ich verstehe es nicht.

»Er kommt mit der Situation nicht klar, dass er sich in dich verliebt hat …«

»Chiara, bitte!«, unterbreche ich sie ein wenig barsch, »wir haben doch alle gesehen, dass das nicht der Fall ist. Aber im Grunde genommen ist das alles völlig egal. Ich werde noch heute nach London zurückfliegen, zumindest wenn ich noch einen Flug erwische.«

»Nein, Valery, das darfst du nicht tun. Bitte, reise nicht ab. Du bist doch gerade erst angekommen. Das wäre der falsche Weg. Komm mit zurück nach Rom.«

»Um Leandro hinterherzulaufen? Mit Sicherheit nicht.« Ich erhebe mich abrupt. »Es tut mir leid, Chiara, die Situation ist einfach viel zu verfahren. Ich wünsche dir und Tamino alles

Glück der Welt, aber mein Weg ist hier zu Ende.« Ich drehe mich um und gehe in mein Zimmer, um meine Koffer zu packen.

Leider komme ich nicht so schnell weg, wie ich es gerne möchte. Ich muss erst noch duschen, und gegessen habe ich auch noch nichts. Bevor ich die Reise nach Rom antrete, um das Auto zurückzugeben und dann in den Flieger nach London zu steigen, gehe ich noch in die Küche, um mir etwas Obst einzupacken.

»Ah, Valery! Komm, setz dich zu mir.« Leandros Vater sitzt am Küchentisch und schält einen Apfel.

»Vincenzo, schön, dass ich dich noch sehe, bevor ich abreise.«

Erschrocken blickt er mich an. »Du willst gehen? Aber ich dachte, du würdest noch eine Weile bleiben, jetzt wo Davina endlich weg ist.«

Er klopft auf den Stuhl neben sich, und ich setze mich brav.

»Davina war nie mein Problem«, murmele ich leise.

Er blickt auf, reicht mir dann ein Stück von seinem Apfel.

»Danke«, meine ich lächelnd und beiße ein Stück ab. Er schmeckt wunderbar, so frisch und fruchtig.

»Was hält dich dann davon ab, noch hierzubleiben, als mein Gast sozusagen?«

»Vincenzo, ich kann nicht. Es ist besser, wenn ich gehe. Leandro …«

»Ach, Leandro ist ein Dummkopf. Er wird es nie lernen. Er liebt dich und ist nur zu blöd, das zu erkennen. Keine Ahnung, warum ich einen Stall voller Dummköpfe in die Welt gesetzt habe.« Er schüttelt über sich selbst den Kopf. »Valery, bitte bleib hier. Ich fühle mich wohl in deiner Gesellschaft. Du solltest noch nicht fahren. Dieses Land hält noch so viele Überraschungen bereit.«

»Aber ich kann nicht.«

»Warum nicht? Was ist mit dem Buch, an dem du arbeitest. Ist es fertig?«

Ich schüttele den Kopf. »Nein, Leandro hat es noch nicht fertig geschrieben. Das Ende fehlt noch.«

»Leandro wird es auch nie zu Ende schreiben. Hast du eine Ahnung, wie lange er schon daran arbeitet? Fünf oder sechs Jahre sind es bestimmt. Er feilt an jedem Satz, dass er perfekt sitzt, nur zum Ende kommt er nicht. Und soll ich dir sagen, warum nicht? Weil er nicht weiß, wie es enden soll. Du solltest all dem einen Schlusspunkt setzen. Schreibe das Buch zu Ende, und dann kannst du gehen. Das ist meine Bedingung, Valery. Bleib hier, und wenn du fertig bist, kannst du nach Hause fliegen.«

Er schneidet erneut ein Stück von dem Apfel ab und hält es mir wie eine verbotene Frucht entgegen. Wie er so vor mir sitzt, mit dem leicht geöffneten Hemd, seinen weißen Haaren, die ihm wirr in die Stirn hängen, und den braunen Augen, die mich bittend anblicken, erinnert er mich so deutlich an Leandro, dass ich mein Leben vor mir sehe, wie es in fünfzig Jahren aussehen könnte. Ein Leben, das mir gefallen würde, das es aber wohl nur in meiner Fantasie gibt.

»Abgemacht. Ich bleibe so lange, bis ich das Buch beendet habe.« Ich stibitze mir das Apfelstück und stecke es in den Mund.

»Bis später, Vincenzo«, rufe ich und kaue genüsslich. »Ich habe zu arbeiten.«

*

»Porco miseria! Das darf nicht wahr sein.« Leandros Stimme ist durch das ganze Büro zu hören. »Ich will, dass das rückgängig gemacht wird.« Laut knallt er das Handy auf den Tisch, sodass man Angst haben muss, dass das Display zerspringt.

»Was ist denn los?« Chiara steht in der Tür und blickt ihn fragend an.

»Du!«, er zeigt mit dem Finger auf sie und schaut sie zornig an, »du wirst auf keinen Fall kündigen und meinen Bruder heiraten.« Wie von Sinnen fährt er sich mit den Händen durch sein Haar.

»Tamino muss ja erst einmal geschieden werden, vorher werde ich ihn wohl kaum heiraten können«, erwidert Chiara gelassen.

»Warum musst du dich ausgerechnet in meinen Bruder verlieben?«

»Weil er der Hübschere von euch beiden ist«, erklärt sie lächelnd und setzt sich auf die Kante seines Schreibtisches. »Jetzt beruhige dich und hör auf, dich wie ein Idiot aufzuführen.«

»Was soll ich ohne dich machen?«, fragt er schon fast verzweifelt und lässt sich auf seinen Schreibtischstuhl nieder.

»Nun, ich kenne da jemanden, der meine Stelle lückenlos füllen könnte.«

Leandro weiß genau, worauf Chiara hinauswill, doch er hält lieber den Mund.

»Weißt du, dass Valery nun der Gast deines Vaters ist?«, fragt sie und schenkt ihren lackierten Nägeln äußerst viel Aufmerksamkeit.

»Valery ist noch in Artimino?«

»Ja, das hast du deinem Vater zu verdanken. Er hat sie irgendwie dazu gebracht, dass sie noch nicht abgereist ist. Wie lange sie allerdings bleiben wird, weiß ich nicht.«

»Ich kann hier nicht weg. Nicht, wenn du so einfach kündigst. Vor Ende der Woche lasse ich dich ohnehin nicht gehen.«

»Keine Angst, noch bin ich ja nicht weg.« Chiara lächelt ihn sanftmütig an. »Wenn du dich aber weiterhin wie ein bockiger Esel aufführst, werde ich es mir noch einmal überlegen.«

23

Die Woche ist so schnell verflogen, dass ich es gar nicht fassen kann. Ich habe die wundervollen Spaziergänge mit Vincenzo genossen. Er will mich immer wieder überreden, dass ich noch länger auf dem Weingut bleibe, doch ich kann nicht. Vincenzo und Tamino haben genug zu tun, jetzt wo die Ernte in vollem Gange ist. Sie sind bis zum Dunkelwerden auf den Feldern, und ich bekomme sie tagsüber kaum zu Gesicht.

Als ich das Wort *Fine* unter das Manuskript setze, bin ich gleichzeitig erleichtert und traurig. Diese vier kleinen Buchstaben läuten das Ende hier auf dem Gut ein, aber es ist ein schöner Abschluss, einer, der mir Frieden gibt.

»Valery, hier ist Besuch für Sie.«

Gaia, die Haushälterin, steht an der Tür. Ich war so in Gedanken versunken, dass ich gar nicht mitbekommen habe, dass sich die Tür geöffnet hatte.

»Besuch?«, frage ich verwundert und erhebe mich.

In der Halle bleibe ich erstaunt stehen. »William! Was machst du denn hier?« Ich falle meinem guten Freund um den Hals.

»Val, Liebes! Mein Gott habe ich dich vermisst.« Er drückt mich so fest, dass mir die Luft wegbleibt.

»Wie kommst du hierher?« Ich fasse es nicht, ihn hier zu sehen.

»Ich bin nach Florenz geflogen und habe mich mit einem Taxi herbringen lassen. Ich bin hier, um dich nach Hause zu holen.«

»Nach Hause?«, frage ich verwundert, ich bin kaum mehr als zwei Wochen weg.

»Na ja, dein Anruf hat mich dazu bewogen, mit deinem Vater zu sprechen, und er hat mich gebeten, dich zu holen.«

»Einfach so?«

»Einfach so, ja. Also, wie sieht es aus, bist du bereit, nach London zurückzukehren?«

In den letzten Tagen hatte ich eine Menge Zeit, über meine Zukunft nachzudenken, und ich bin zu einem Entschluss gekommen.

»Ja, ich bin bereit, aber anders, als du denkst.«

*

Der Abschied von Vincenzo und Tamino ist mir wirklich nicht leicht gefallen. Am Abend gab es ein schönes Essen, wir haben getrunken, gesungen und viel gegessen, sodass mir immer noch schlecht ist.

Wie vermutet wollte Vincenzo mich gar nicht ziehen lassen, doch es wurde Zeit. Zum Abschied drückte ich ihm das fertige Skript in die Hand, und das Leuchten in seinen Augen werde ich wohl nie vergessen. Er bedankte sich mit einem Lächeln, legte es in eine lederne Mappe und schloss es in dem Schreibtisch ein.

Jetzt sitze ich in meinem Londoner Büro und blicke aus dem Fenster. Das besondere Licht der Toskana fehlt mir, als ich dem Regen dabei zusehe, wie er gegen das Glas prasselt.

»Ich kann das echt nicht mehr mit ansehen, Val!« William legt den Kopf schräg und kneift die Augen zu Schlitzen zusammen. »Warum gibst du nicht endlich zu, dass du Liebeskummer hast.«

»Würde es besser werden, wenn ich es zugebe? Ich denke nicht.«

»Das ist nicht gesund, was du hier treibst.«

»Was tue ich denn?«, frage ich aufgebracht, weil ich seine Blicke einfach nicht mehr ertragen kann.

»Du leidest, ohne auch nur einen Ton von dir zu geben. Ich würde gerne wissen, was los ist. Wer ist der Kerl, der an dein Telefon gegangen ist, als ich dich angerufen habe?«

»Es war ein Niemand.«

»Dann hattest du also mit einem Niemand Sex? Das kann ich dir leider nicht abnehmen.«

»Will, ich kann mein Sexleben nicht mit dir diskutieren, das ist, als würde ich mit meinem Vater darüber sprechen. Also lass das bitte.«

»Wer ist der Kerl?« William lässt einfach nicht locker.

»Niemand«, wiederhole ich.

»Gut, dann verrate mir wenigstens, was du vorhast.«

Ich seufze genervt. »Ich habe gekündigt und werde mir eine Auszeit gönnen.«

»Was? Was willst du denn machen?«

»Ich glaube, ich werde ein Buch schreiben«, gebe ich zu und beiße mir auf die Lippen.

»Und was ist mit deinem Niemand? Wie lange hast du nichts von ihm gehört?«

»Wage es nicht, meinem Vater auch nur einen Ton zu erzählen. Ich warne dich, William. Du setzt unsere Freundschaft aufs Spiel, sollte auch nur ein Wort über deine Lippen kommen.« Ich bin sauer, und auch wenn William der Auslöser meiner schlechten Laune ist, verantwortlich ist er nicht dafür.

»Ist ja schon gut, meine Lippen sind versiegelt.«

»Es sind mittlerweile drei Wochen, aber wer zählt das schon. Es ist vorbei, und ich leide. Mehr gibt es nicht dazu zu sagen.«

»Du hast dich in ihn verliebt?«

»Ja, er ist einfach … umwerfend. Aber mir hat es mehr bedeutet als ihm.«

»Dieser schmierige Italiener. Wenn ich ihn in die Finger bekomme …«

»… würdest du nichts tun. Will, es ist mein Ernst. Vergiss einfach, dass ich etwas gesagt habe. Es war toll und es ist vorbei. Eine kleine italienische Affäre. Ich muss aufhören, mehr darin zu sehen, als es war.«

Wissend nickt William, sagt aber nichts.

Ich blicke wieder hinaus aus dem Fenster, sehe vor meinem inneren Auge aber die grünen Felder, das gelbe Licht, das allem einen goldenen Glanz verleiht, und seufze leise. »Weißt du, Leandro war so ganz anders, als es die Männer hier in London sind. So voller Elan und Tatendrang, so männlich und heiß. Jede Berührung brachte mir einen Schauer, ließ mich davon träumen, was alles hätte sein können. Jeder Blick, mit dem er mich bedachte, war ein Geschenk. Ich wünschte, er hätte ein wenig mehr Mut gehabt, zu seinen Gefühlen zu stehen.« Ich beiße mir auf die Lippen. »Das war aber nicht so.«

Abrupt wende ich mich vom Fenster ab, weil mein Telefon klingelt.

»Ja, bitte?«, melde ich mich.

»Valery, komm bitte in mein Büro.« Es ist mein Vater, und er hat schon aufgelegt, bevor ich überhaupt antworten konnte.

»Ich muss zu meinem Vater«, erkläre ich kurz und verlasse den Raum.

Die Sekretärin meines Vaters winkt mich direkt durch und schließt hinter mir die Tür.

»Guten Morgen, Valery. Geht es dir gut? Setz dich doch bitte.« Er kommt um den Tisch herum, küsst mich auf die

Wange. So eine freundliche Begrüßung habe ich schon lange nicht mehr erhalten. »Du siehst gut aus.«

Auch wenn ich mich nicht so fühle.

»Danke, Papa. Was kann ich für dich tun?«

Er lächelt. »Die Frage sollte lauten, was ich für dich tun kann. Obwohl du gekündigt hast, solltest du dir das anhören. Ich habe heute einen interessanten Anruf erhalten. Ein Verlag in Florenz macht dir ein Angebot. Sie wollen dir den Posten der Cheflektorin anbieten. Du sollst quasi die Leitung des Büros übernehmen. Eine Wohnung würde dir gestellt werden, ebenso ein Spesenkonto, um regelmäßig nach London zu fliegen. Was sagst du dazu?«

Erstaunt lausche ich seinen Worten. »Ein Verlag aus Florenz? Wie kommen sie an meinen Namen?« Ich kann nicht so richtig glauben, was mein Vater mir erzählt. Da er aber nicht zu Scherzen neigt, muss es sich um ein reales Angebot handeln.

»Sie sagten, ein Autor hätte dich empfohlen.«

»Welcher Autor?«

»Das wollten sie nicht verraten. Aber es muss jemand sein, mit dem du hier zusammengearbeitet hast. Wie hieß noch die sizilianische Autorin, deren Übersetzung du übernommen hast?«

»Francesca Brioni. Du glaubst, sie hat mich empfohlen?«

»Möglich wäre es. Ich habe einen langen Dankesbrief von ihr erhalten, in dem sie deine Arbeit mit Lob überhäuft. Also, was meinst du? Am Freitag hast du dort ein Vorstellungsgespräch.«

»Wie ist der Name des Ansprechpartners?«, will ich wissen und halte für einen kurzen Moment die Luft an.

»Gallo. Davide Gallo. Also, was sagst du? Willst du dir das Angebot anhören?«

»Du weißt, dass ich keinen neuen Job suche. Daran hat sich nichts geändert. Ich habe viel von dir gelernt, aber ich denke, es ist an der Zeit, auf eigenen Beinen zu stehen. Allerdings, Florenz ist wundervoll. Ja, ich denke, ich werde mir das Angebot zumindest einmal anhören. Mal schauen, was der Verlag zu bieten hat.«

»Soll ich dir ein Zimmer reservieren?«, fragt er, als ich schon fast aus dem Raum bin.

»Nein, danke. Ich kenne dort ein vorzügliches Hotel. Mal schauen, ob ich ein freies Zimmer erwische.«

24

Leandro kann es gar nicht erwarten, dass endlich die Einfahrt zum Weingut in Sicht kommt. Viel zu lange hat er seine Zeit in Rom verschwendet. In Ruhe hatte er nachdenken wollen, wie er Valery am besten für sich gewinnen konnte, wie er ihr erklären wollte, dass er sie liebte. Tag um Tag war vergangen, und er kam zu keinem Ergebnis, bis ihm der Kragen platzte, er sich in seinen Ferrari setzte und Richtung Artimino fuhr.

Auf dem Hof des Gutshauses bremst er hart ab, und als sich die Staubwolke legt, steigt er beschwingt aus dem Cabrio.

»Buongiorno, Gaia! Come stai? Wo finde ich Valery? Ist sie im Arbeitszimmer?«, ruft er der Hausangestellten zu und läuft mit schnellen Schritten ins Büro. Doch anstatt Valery dort vorzufinden, sitzt sein Vater an dem Schreibtisch.

»Buongiorno, Papa! Come stai?«

»Ah, Leo! Bene, grazie! E tu?«

»Mir geht es gut, wenn ich Valery gefunden habe. Wo ist sie?«

»Valery? Sie ist letzte Woche zurück nach London geflogen. Hat Chiara dir das nicht erzählt?«

Fassungslos blickt Leandro seinen Vater an und muss sich setzen. »Du meinst, sie ist nicht mehr in Italien?«

»Nein, ein Freund hat sie abgeholt. William, ein netter Kerl. Ich finde zwar, du hast besser zu ihr gepasst, aber du warst ja nicht da, bist ohne ein Wort gegangen. Was sollte das Mädchen denn machen? Sie konnte ja nicht ewig hier auf dem Gut warten. Auch wenn es mir eine Freude gewesen wäre.«

»Porco Dio! Wie konnte sie mich einfach so verlassen?«, ruft er aufgebracht.

»Wie konntest du *sie* ohne ein Wort verlassen?« Vincenzos Ton ist streng, und er blickt seinen Sohn nicht gerade freundlich an.

»Sie hatte einen Job zu erledigen«, schreit Leandro, wütend über das, was sein Vater ihm da erzählt.

»Den hat sie auch erledigt. Dieses Mädchen hat eine Menge Rückgrat, und du bist wirklich ein Esel, weil du sie hast gehen lassen. Ich habe nicht verstanden, warum du so gehandelt hast, mein Sohn.«

»Ich hatte Angst. Ich hatte Angst davor, dass ich wieder verletzt werde. Davina hat mir mein Herz herausgerissen und darauf herumgetrampelt, das hat mich für den Rest meines Lebens gezeichnet.«

»Und doch hast du sie vor Valery in Schutz genommen und somit Valerys Liebe verspielt. Wie lange willst du Davina noch über dein Leben bestimmen lassen? Du musst vergessen, was sie dir angetan hat. Diese Frau war nie gut für dich. Oder für Tamino oder mich. Ich bin froh, dass sie endlich weg ist und du wieder frei bist.«

»Ich bin alles andere als frei, Papa. Ich werde es nicht eher sein, bis ich Valery überzeugt habe, dass ich sie liebe.«

Vincenzo hebt die Hände betend zum Himmel. »Endlich wirst du vernünftig, mein Sohn. Ich hatte schon alle Hoffnungen für dich aufgegeben.« Er kramt in dem Schreibtisch und holt eine lederne Mappe heraus. »Das hier hat Valery für dich zurückgelassen.«

»Was ist das?« Er blickt skeptisch auf das, was Vincenzo in den Händen hält.

»Schau es dir in Ruhe an, mein Junge. Vielleicht ist es die Antwort auf all deine Fragen.«

»Im Übrigen hat das Gericht die Trennungsvereinbarung

bestätigt. Davina hat zugestimmt. Sie und Tamino werden schon in Kürze geschieden, weil Davina diesen Fabio heiraten will. Der arme Kerl hat keine Ahnung, was er sich da antut.« Vincenzo schüttelt lächelnd den Kopf.

»Das heißt, Tamino wird bald Chiara heiraten?«

»In zwei Wochen ist die Verlobungsfeier hier auf dem Gut. Es wäre schön, wenn du daran teilnehmen könntest.«

*

Leandro macht es sich auf dem Bett bequem und beginnt das Skript zu lesen. Valery hat gute Arbeit geleistet. Mittlerweile kann er gar nicht mehr unterscheiden, was seine Idee war oder welche Passagen Valery geändert hat. Als er an die Stelle kommt, an der sein Roman aufhörte, blickt er verdutzt auf den Stapel noch verbleibender Blätter. So wie es aussieht, hat Valery bereits weiter an der Geschichte gearbeitet, als er vermutet hat.

Tomaso blickte die Frau an, die er liebte, und war doch nicht in der Lage, ihr seine Liebe zu gestehen. Er fühlte, dass sein Herz niemals wirklich frei sein würde. Er wandte sich wortlos ab und ließ Silvana stehen.

Silvana brach es das Herz, ihn gehen zu lassen, allerdings wusste sie, dass es keinen anderen Ausweg gab. Das, was du liebst, lass frei. Kommt es zu dir zurück, gehört es dir. Kommt es nicht zurück, hat es dir nie gehört. Das waren die Gedanken, die ihr durch den Kopf gingen, als Tomasos Silhouette langsam verschwand. Irgendwann würde er über den Marktplatz von Florenz spazieren und sie an einem Bücherstand entdecken. Er würde sie ansprechen und auf einen Kaffee einladen. Er würde zu ihr zurückkehren, so viel war sicher. Irgendwann. Fine.

Leandro legt die letzte Seite des Skripts auf den Stapel zurück und schließt die Augen. Sie hatte es geschafft. Valery hatte das vollbracht, was er all die Jahre nicht zustande gebracht hatte. Sie hatte seinem Buch ein Ende gegeben, so wie sie seinem Leben einen Sinn gegeben hatte. Und er war gegangen, ohne ein Wort – so wie Tomaso in seinem Roman. Aber es ist noch nicht zu spät. Vielleicht wird ja auch Valery zu ihm zurückkehren. Irgendwann.

25

Mein Direktflug nach Florenz landet pünktlich, und ich nehme mir ein Taxi, das mich zu dem Gebäude in der Nähe der Ponte Vecchio bringt. Diese berühmte Brücke mit den überhängenden Brückenläden ist ein beliebtes Touristenziel, da in den Läden nur noch Schmuckhändler anstatt Schlachter, wie noch vor einigen Jahrhunderten, zu finden sind. Zu Fuß laufe ich in die kleine Seitenstraße, die Vicolo dell'Oro, und bleibe vor einem modernen Sandsteinhaus stehen. Bisher gibt es kein Firmenschild, nur ein weißer Zettel an der Glastür weist auf den Firenze-Verlag hin.

Die Tür ist nicht verschlossen, und ich betrete die Eingangshalle, die alles andere als einen Verlag verspricht. Der Raum ist leer, nur heller Marmorboden. Da die Jalousien geschlossen sind, ist es relativ dunkel im Raum. Den Gang entlang sehe ich Licht und laufe den Flur hinunter.

»E questo qualcuno?«, rufe ich, ob jemand da ist.

Ich bleibe vor der offenen Tür stehen und sehe nur einen Schreibtisch. Dahinter einen Mann, der lächelnd den Kopf hebt.

»Ciao, cara mia. Ich habe nicht zu hoffen gewagt, dass du meine Einladung annimmst.«

Mein Koffer gleitet mir aus der Hand und plumpst mit einem lauten Knall auf den Boden.

»Wenn ich geahnt hätte, dass du dahintersteckst, hätte ich ganz gewiss nicht den Flieger bestiegen, Leandro.«

Der Schock, ihn unverhofft wiederzusehen, ist groß. Ich sehe ihn an, und alle Gefühle stürzen auf einmal auf mich ein. Die Liebe für diesen umwerfenden Mann, der Hass auf seinen Verrat, die Reue, auf seine schönen Worte hereingefallen zu sein, die Freude, ihn endlich nach all den Wochen wiederzusehen, und die Furcht vor mir selbst, mich wieder in ihn zu verlieben.

Leandro erhebt sich und sieht so umwerfend aus wie immer. Sein Haar ist etwas kürzer, als ich es in Erinnerung habe. Er trägt einen schwarzen Anzug mit dieser silbernen Krawatte, die ich so liebe und die so gut zu den Manschettenknöpfen passt.

Auch er lässt seinen Blick über mich gleiten, und es fühlt sich wie eine Berührung an. Eine zärtliche dazu.

»Du siehst gut aus, Valery. Ich hatte Angst, du würdest nicht kommen«, gibt er zu.

»Leandro, was soll ich hier? Du lockst mich unter Vortäuschung falscher Tatsachen hierher, um was zu erreichen?«

Er kommt um den Schreibtisch herum, während ich immer noch im Türrahmen stehe.

»Valery, willst du nicht erst einmal hereinkommen? Ich habe eine Menge mit dir zu besprechen, und das geht nicht zwischen Tür und Angel. Ich würde gerne mit dir zum Hotel fahren und alles in Ruhe klären.«

Er kommt auf mich zu, will mich berühren, doch ich weiche zurück. »Nein, Leandro, so einfach ist das nicht. Warum hast du mich hierhergelockt?«

»Weil ich dir einen Job anbieten will. Einen wirklichen Job, kein Praktikum, wie dein Vater es arrangiert hat. Einen Führungsjob mit einem angemessenen Gehalt.«

»Hier?«, frage ich und hebe die Hände in die Höhe. »Das ist kein Verlag! Es ist ein Büro ohne Möbel, ohne Angestellte. Was soll ich damit?«, schreie ich laut, weil ich einfach so enttäuscht bin. Ganz tief in meinem Inneren hatte ich auf ein neues Leben gehofft, in der Stadt, die ich über alle Maßen liebe.

Mir war gar nicht bewusst, dass ich sie liebte, bis das Flugzeug den Boden berührte und ich vor Aufregung fast einen Infarkt bekam, weil ich mich zutiefst freue, wieder hier zu sein. Und nun das.

»Valery, so lass mich doch erklären.«

»Nein, Leandro. Ich will dir nicht zuhören, ich will nichts von dir, ich will nur noch nach Hause.« Völlig hysterisch breche ich in Tränen aus, und würde Leandro mich nicht auffangen, wäre ich auf die Knie gefallen.

»Il mio tesoro! Bitte weine nicht. Ich bin bei dir. Es wird alles gut. Hab ein wenig Vertrauen zu mir.« Leandro hält mich in den Armen, und ich atme seinen Duft ein. Langsam versiegen die Tränen, und es ist, als hätte ich nur seine Nähe benötigt, um mich wieder zu beruhigen. Zärtlich streicht er über meine Locken, redet tröstend auf mich ein.

»Ich habe einen großen Fehler gemacht und will ihn wiedergutmachen. Du musst mir glauben, dass ich niemals gehofft habe, Davina zurückzugewinnen. Ich wollte dich schützen und sie nicht noch mehr gegen dich aufbringen. Das alles ist mir viel zu spät klar geworden. Es tut mir so unendlich leid.«

Wieder schluchze ich auf, und Tränen rinnen mir das Kinn entlang. »Ich habe dich so unendlich vermisst und gehofft, dass du zu mir zurückkommst, aber du bist es nicht. Du hast mich ignoriert, obwohl du wusstest, wo ich zu finden war, und doch hast du nicht reagiert. Warum sollte ich dir jetzt glauben?« Ich blicke ihn wütend an und kann ihm nicht verzeihen. Mein Herz fühlt sich wie ein Stück Stein in meiner Brust an.

»Mein Engel. Ich weiß, ich habe dir wehgetan. Wenn ich es nur ungeschehen machen könnte. Doch das kann ich nicht. Ich kann nur dafür sorgen, dass mir das nie wieder passiert. Du musst mir vertrauen.«

Sanft mache ich mich von ihm los. »Das ist nicht so einfach«, murmele ich, »immerhin hast du wieder einen Trick angewandt, damit ich hierher nach Florenz komme. Wie soll ich dir da vertrauen können? Nie sagst du die Wahrheit. Immer wieder greifst du in die Trickkiste, um mich zu überrumpeln. Das ist nicht fair.«

Er fährt sich durch seine Locken und reibt seinen Nacken. »Natürlich hast du recht. Ich habe dir bisher keinen Grund geliefert, dass du mir Vertrauen schenkst. Aber erst einmal so viel, es war kein Vorwand. Dieses Büro ist die Wahrheit. Es ist die Zukunft … unsere Zukunft, wenn du es willst. Ich habe das Gebäude gekauft, und hier wird ein neuer Verlag entstehen, unter deiner Führung. Wenn du mein Angebot annimmst.«

Ich blicke ihn zweifelnd an, ob er das alles so meint, wie er es gerade von sich gibt.

»Dann ist das Jobangebot also real?«, frage ich zweifelnd.

»Ja, das ist es. Du hast mein Ehrenwort darauf.«

»Wie genau sieht der Job aus?«

»Wollen wir das nicht in Ruhe besprechen? Bitte, Valery. Lass uns zusammen zum Hotel fahren und etwas essen.«

*

»Ich würde gerne duschen, dann können wir uns unterhalten«, erkläre ich und beginne meinen Koffer auszupacken, doch Leandro denkt gar nicht daran, das Zimmer zu verlassen. Er lehnt an der geschlossenen Tür und beobachtet mich, wie ich aufgeregt hin und her laufe. Als ich an ihm vorbeikomme, hält er mich fest und zieht mich an sich.

»Komm her zu mir«, meint er leise und legt die Arme um

meinen Körper. »Ich halte es nicht länger aus. Ich will dich küssen.«

Ich schaue zu ihm auf, und schon liegen seine Lippen auf meinem Mund. In diesem Augenblick kann ich nicht verstehen, wie ich es ohne ihn so lange ausgehalten habe. Ich atme diesen Mann ein, und sein vertrauter Geruch löscht alle Zweifel, die ich bisher hegte, aus. Mir wird klar, wie stark ich ihn vermisst habe und wie immens ich ihn liebe. Mein Puls beschleunigt sich, und das Blut rauscht mir in den Ohren.

»Valery!«, stöhnt er auf, und seine Zunge bahnt sich ihren Weg, um mich in Besitz zu nehmen. »Ich will dich. Lass mich nicht länger warten«, knurrt er in meinen Mund und spricht die Worte aus, die in meinem Kopf herumschwirren. Ja, auch ich kann nicht länger warten, will ihn in mir spüren, jetzt, sofort.

»Nimm mich«, wispere ich und schleudere meine Schuhe von den Füßen. Es dauert nur wenige Sekunden, bis wir beide nackt sind und unsere Kleidung verstreut auf dem Boden liegt. Wie im Fieberwahn taumeln wir zum Bett, ohne uns voneinander zu lösen.

»Ich brauche dich«, raunt Leandro mir zu und zieht an meinen Haaren, damit ich den Kopf in den Nacken lege und er den Puls an meinem Hals küssen kann. »Es tut mir leid, ich werde nicht behutsam mit dir umgehen können, dafür habe ich zu lange auf dich gewartet.«

»Ich will gar nicht, dass du sanft bist. Ich will es richtig hart«, gebe ich zu und spüre sogleich seine Hände an meinen Brüsten, die er fest knetet.

Überrascht schreie ich auf, weil der Schmerz meinen Körper durchfährt, als er mir in die Brustwarzen zwickt. »Ist das hart genug?«, fragt er laut.

»Nein«, gebe ich zu. »Ich will dich in mir spüren.« Ich gehe auf die Knie, sodass er von hinten in mich hineinstoßen kann. Mit einer schnellen Bewegung spüre ich ihn an meinen Schamlippen, und kurz darauf dringt er mit einem festen Stoß in mich ein.

»Ah!«, rufe ich, weil das Gefühl, ihn in mir zu spüren, so unglaublich ist.

Mit einem Rhythmus, der meinem entgegenkommt, bewegt er sich und hält mir den Mund zu. Das törnt mich weiter an, ich komme seinen harten Bewegungen entgegen, kann es kaum abwarten, den Höhepunkt zu erreichen.

»Willst du es härter?«, fragt er an meinem Ohr, und ich nicke, weil ich nicht sprechen kann.

»Du bekommst alles, was du willst, von mir.«

Leandro erhöht das Tempo, und ich spüre die Welle auf mich zukommen und über mich hinwegschwappen. Ich habe keine Zeit für Zärtlichkeiten, ich komme laut schreiend, zum Glück hält er mir den Mund zu, sodass daraus nur ein leises Keuchen wird.

»Ja, komm für mich, cara mia.«

»Gib's mir«, nuschele ich, und endlich nimmt er seine Hand weg, hält mich stattdessen an den Schultern fest, während er ebenfalls laut knurrend kommt.

Wir brauchen beide einen Augenblick, um zu Atem zu kommen, dann lässt Leandro sich auf das Bett fallen und zieht mich mit, umhüllt mich mit seinen Armen.

*

Erst viel später lieben wir uns sanft und ausgiebig. Aus dem Essen wird nichts, wir bestellen uns etwas aufs Zimmer und genießen es im Bett.

»Wir müssen uns beeilen«, drängt Leandro mich und nimmt mir den halb leeren Teller aus der Hand.

»Hey, ich bin noch nicht fertig«, beschwere ich mich, doch er nimmt keine Rücksicht darauf.

»Zieh dich an, die Geschäfte schließen gleich.«

»Ich muss noch duschen«, überlege ich, doch Leandro kennt kein Erbarmen. »Das kannst du später erledigen, zusammen mit mir.«

Wir fahren mit dem Auto Richtung Ponte Vecchio, und ich denke schon, er will zurück zum Büro, doch dann laufen wir über die Brücke.

Vor einem der Juweliergeschäfte bleibt er stehen und lächelt mich vielsagend an. Er nimmt meine Hand, und wir betreten gemeinsam das Geschäft.

»Ah, Signore Mariani«, wird Leandro freundlich begrüßt, und ich erkenne in dem Juwelier den Mann vom Flohmarkt wieder, der Leandro den Schmuck verkauft hat, den er mir bei unserem Ausflug nach Florenz geschenkt und den ich ihm kurz darauf im Streit zurückgegeben hatte.

»Haben Sie ihn?«, fragt Leandro und wirkt aufgeregt.

Der Juwelier lächelt und nickt. »Si, Signore.«

Er zieht eine Schublade auf, holt ein kleines Kästchen heraus und überreicht es Leandro feierlich, der es ungeduldig aufklappt.

»Valery, ich weiß, ich habe dir in der Vergangenheit viel Kummer bereitet, doch das hat ab heute ein Ende. Ich will das alles wiedergutmachen, denn ich habe erkannt, dass du meine

Zukunft bist. Du sollst nie wieder an mir zweifeln müssen, wenn du Ja sagst«, raunt er mir leise zu.

Ich blicke mich vorsichtig nach den anderen Kunden im Laden um.

»Wozu soll ich Ja sagen?«, frage ich atemlos.

»Ob du meine Frau werden willst. Valery Clark, ich liebe dich und möchte den Rest meines Lebens mit dir verbringen. Mach mich zu einem glücklichen Mann und sage Ja. Nicht irgendwann, sondern jetzt. Sofort.«

Seine großen braunen Augen blicken mich flehend an, und vor lauter Staunen bin ich ganz sprachlos. Ich blicke auf den Ring in seiner Hand. Es ist ein schlichter Goldreif mit einem Kranz aus Smaragden, der zu dem Schmuck vom Flohmarkt passt.

Der Juwelier räuspert sich laut und blickt mich auffordernd an. »Ich glaube, da wartet jemand auf eine Antwort«, meint er lächelnd.

»Ja!«, hauche ich und küsse Leandro. »Ja, und immer wieder Ja.«

Leandro lächelt und steckt mir den Ring an den Finger. »Ich habe das Ende meines Romans gelesen«, murmelt er, während er meine Hand betrachtet.

Unsicher blicke ich ihn an. »Und, wie hat dir das Ende gefallen?«

Er blickt mich schmunzelnd an. »Sehr gut, nur dieses Ende hier«, er hebt meine Hand an seine Lippen und küsst sie, »gefällt mir wesentlich besser.«

»Mir auch«, hauche ich und küsse Leandro innig.

*

Die Aussicht darauf, Vincenzo wiederzusehen, und vielleicht auch Tamino und Chiara, lässt mich lächeln, als wir abends mit dem Wagen die Allee zum Haus hinauffahren.

Als wir auf dem Weingut ankommen, ist es wie ein Nach-Hause-Kommen. Ich freue mich wahnsinnig und laufe Vincenzo regelrecht in die Arme.

»Bella! Du bist wieder da! Was für eine Freude. Du kommst zur Verlobungsfeier von Tamino und Chiara? Die beiden werden sich freuen, dass du dabei sein wirst«, ruft Vincenzo und drückt mich herzlich.

Ich werfe Leandro einen unsicheren Blick zu, doch er lacht nur. Welche Überraschungen werden mich noch erwarten?

»Sie verloben sich? So schnell?« Ich bin ganz baff.

»Ja, Davina hat der Trennungsvereinbarung zugestimmt, die Scheidung ist nur noch eine Formalität«, erklärt Vincenzo mir.

»Darf ich meine Verlobte wiederhaben, Papa?« Leandros Ton ähnelt dem eines kleinen Jungen, dem man sein liebstes Spielzeug weggenommen hat.

Vincenzo lässt mich endlich los und blickt mich fragend an. »Da ist jemand aber ungeduldig«, raunt er mir noch schnell zu.

»Du meinst, es gibt bald eine zweite Signora Mariani auf diesem Gut?«, fragt Tamino, der mich lächelnd in die Arme schließt, als er uns ebenfalls begrüßt.

Ich zeige ihm ein wenig stolz meinen Verlobungsring.

»Da werde ich mich ja morgen ganz schön ins Zeug legen müssen«, grinst er und schlägt seinem Bruder auf die Schulter. »Glückwunsch, Bruder. Und vergeig es nicht wieder.«

Leandro lacht leise auf. »Wie kommst du nur auf solche Ideen, Bruder?«

»Ja, wie nur?«, fragt Vincenzo, verdreht die Augen und zieht seine Söhne in die Arme. »Ich doch nicht«, erklärt Leandro im Brustton der Überzeugung.

Dann kommt er langsam auf mich zu und küsst mich zärtlich. »Was die nur alle haben.«

»Keine Ahnung«, murmele ich an seinen Lippen, »denn ich weiß ja, ab sofort lässt du all die schönen Lügen wahr werden.«

Danke

Ich habe vielen Menschen zu danken, die mir geholfen haben, diesem Buch Leben einzuhauchen, denn ein Buch schreibt man nie allein:

- dem feelings-Team des Verlags Droemer Knaur, hier ganz besonders Frau Jennifer Maurer, für die tolle Betreuung
- meiner Lektorin Tina Dick für das Korrigieren, die Stiländerungen und das Lesbarmachen
- den Cover-Designern dafür, dass *Beautiful Firenze* ein wundervolles Gesicht bekam
- meinen Kindern für die viele Schreibzeit! Ich liebe Euch!
- meinen Lesern, deren Zuspruch mich immer wieder sprachlos macht. Ihr seid all die Mühe wert!

Eure
Rhiana Corbin